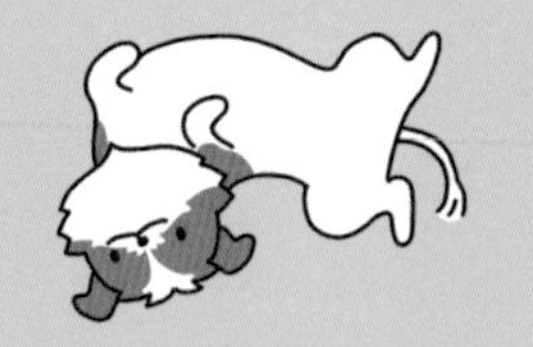

태수는 도련님

도대체 지음

태수는 도련님

초판 1쇄 발행 2020년 6월 1일

지은이 도대체
펴낸이 김영신
편집 이수정 서희준
디자인 이지은

펴낸곳 (주)동그람이
주소 서울특별시 마포구 성미산로 183, 3층
전화 02-724-2794
팩스 02-724-2797
출판등록 2018년 12월 10일 제 2018-000144호

ISBN 979-11-966883-3-2 03810

홈페이지 blog.naver.com/animalandhuman
페이스북 facebook.com/animalandhuman
이메일 dgri_concon@naver.com
인스타그램 @dbooks_official
트위터 twitter.com/DbooksOfficial

Published by Animal and Human Story Inc. Printed in Korea

고민이 많을 땐 일단 나가 놀자고!
동거 12년차 개님이 알려주는 인생(?) 꿀팁

태수는 도련님

도대체 지음

동그람이

온몸을 덮은 털
쫑긋거리는 귀
네 개의 다리
흔들리는 꼬리

개를 보고 있으면
언제나 신기합니다.

이토록 다른 존재와
이렇게까지 교감할 수 있을 줄이야.

차례

프롤로그-그렇게 되었어

시추 아가 태수를 데리고
처음으로 동물병원에 간 날.
이름이 뭐예요?
태수예요.
접수

건강 체크와 접종을 마치고
다음 접종일에 오시면 돼요.
네!

의사 선생님이
지나가듯
말씀하셨습니다.
이제

태수가
없는 삶은
상상도
하지 못하게
되실 거예요.

동물
병원
안녕히 가세요~

...

정말
그렇게 될까?

그로부터 오랜 후의 내가
두근
두근

그때의 나에게 말합니다.

그렇게 되었다고요.
눈 온다!

살면서 듣게 되는 무수한 말 중에서, 한 번 들었을 뿐인데 절대로 잊을 수 없는 말이 있습니다. 어려운 시절에 큰 힘이 되어 준 말이라거나, 백 번을 떠올려도 그때마다 웃음이 터지는 말이라거나 하는 식으로요. 저에게도 그런 말이 있습니다. 예방 접종을 하기 위해 태수를 처음으로 동물병원에 데려갔을 때, 의사 선생님이 스치듯 꺼낸 말도 그중 하나입니다.

"이제부터 태수가 없는 삶은 상상도 못 하게 되실 거예요."

그때는 '흠, 그렇단 말이지?' 하고 돌아왔지만, 그분이 왜 그런 말을 했는지 실감하는 데엔 그리 많은 시간이 필요하지 않았습니다. 그리고 시간이 흐를수록 '과연 그렇군.' 생각하게 됩니다. 이 작은 개 한 마리는 저의 가장 친한 친구이자, 소중한 가족이고, 살아가는 힘을 주는 존재가 되어, 이제 이 친구가 없는 삶은 상상도 할 수 없게 되었습니다.

그래서 가끔 산책길에서, 입양한 지 얼마 되지 않았다는 개와 함께 나온 사람들을 보면 저도 마음속으로 이렇게 중얼거리게 됩니다.

'이제부터 그 친구가 없는 삶은 상상도 못 하게 되실 거예요.'

가위질은 하루 한 번

시추는 털이 계속 자라는 종이어서
미용을 해야 합니다.
이렇게 기를 순 있지만 관리가 어렵죠

태수의 털은 제가 깎아 줍니다.
남에게 맡기면 며칠씩 우울해 하니…

요즘은 이발기가 잘 나와서
몸통은 어렵지 않게 깎을 수 있지만
위잉—

얼굴에 이발기를 대는 것은
용납하지 않아서
얼굴만은
가위컷을
해야 하는데
털이 눈 찌른다!

가위질은 하루에 딱 한 번만
허용합니다.
그만!
요만큼 자름

만약 한 번 잘랐는데 또 자르려고 하면
스윽—
—엥

샥—
슥—
어허…

샥—
어허
왜 이래??

가.위.질.은.
하.루.한.번!
단호

그렇게 방망이 깎는 노인처럼 매일
조금씩 자르니 차근차근 잘 자를 수
있을 것 같지만
불행히도 저는 미용 솜씨가 없습니다.

이상하게 잘라서
미안해!!
하지만 털은
금방 자라니까!

……대체로 늘 미안합니다.

다행히 개는 자기 털 모양에 대해선
신경 쓰지 않는 듯합니다.
귀찮게
하지만
않으면
오케이
입니다

시추는 털이 한없이 자라는 견종이어서 적절히 털을 잘라 줘야 합니다. 태수도 마찬가지죠. 처음엔 동물병원에 미용을 맡겼는데, 낯선 사람이 강제로 털을 미는 게 무서운 경험이었는지 미용만 하고 돌아오면 이상한 행동을 보이곤 했습니다. 눈에 보이게 부쩍 우울해하고, 개집에 틀어박혀 나오지 않는 식이었죠. 스트레스가 너무 심했는지 연달아 구토하기도 했답니다. 찾아보니 드문 일은 아니더군요. 많은 개들이 미용 후에 비슷한 행동을 하더라고요.

결국 강아지용 이발기를 구매해 제가 직접 털을 깎기 시작했습니다. 처음에는 이발기를 사용하는 것이 무서웠는데, 되풀이하면서 점점 요령이 생겼습니다. 먼저 화장실 변기에 앉아 태수를 제 허벅지 위에 눕히고 배와 발바닥의 털을 깎습니다. 이어서 바닥에 내려놓고 등과 옆 부분, 꼬리 주변을 깎죠. 마지막으로 가위를 들어 눈을 가리는 털과 턱 주변을 잘라줍니다. 눈 주위의 털을 자르는 것이 가장 어려운 일입니다. 가위가 오가는 게 싫은지 고개를 돌리는데, 그러다가 눈을 찌르기라도 하면 큰일이니까요. 다행히 눈 주위 털을 자르는 것을 아예 거부하지는 않고, 하루에 딱 한 번까지는 허용해 줍니다. 그래서 그곳의 털은 아주 조금씩 자르고 있습니다.

그런데 결정적인 단점이 있습니다. 제가 미용에 소질이 없다는 것이죠. 그나마 요즘은 실력이 제법 늘었지만, 처음엔 여기저기 쥐가 파먹은 모습으로 만들어놓기 일쑤였죠. 동네에서 만난 꼬마들이 태수를 보고 "어디 아파요?" 라고 물은 적도 있답니다. 저희 어머니도 "이 예쁜 개를 못난이로 만들어버렸다. 태수야, 너희 누나가 너를 못난이로 만들었어!"라고 한탄하신 적이 한두 번이 아닙니다.

하지만 제가 직접 미용을 해 주기 시작한 후로 태수의 이상 행동은 더는 나타나지 않았습니다. 태수가 스트레스를 덜 받을 수 있다면 좀 안 예뻐도 괜찮다고 생각합니다. 무엇보다, 태수의 털이 어떻든 저에겐 무조건 세상에서 제일 예쁜 개랍니다.

명절이 어리둥절

명절엔 집에서 차례를 조촐히 지냅니다.
동그랑땡
더 가져왔어요~

상차림이 조촐해도 요리는 힘듭니다.
지글
지글

오
훌륭한데?!

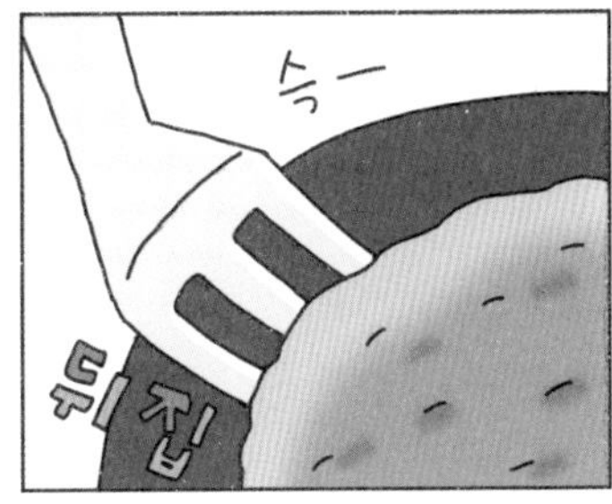
슥ㅡ
뒤집

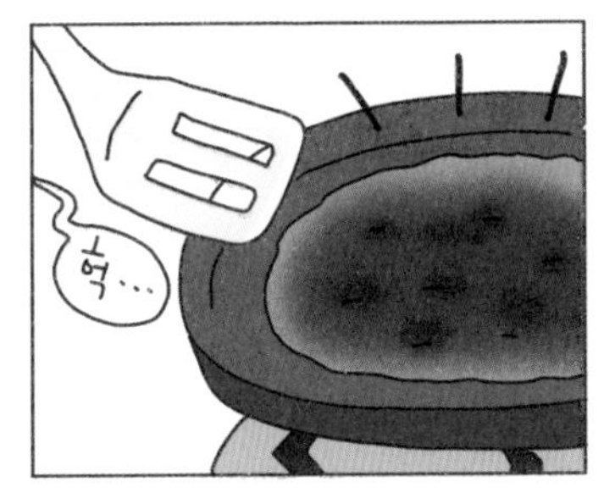
헉…

척

아이고~
다 했다

부침개를 많이 부친 날에는
이제 쉬자~
누나랑 놉시다!

개에게서도 부침개 냄새가 납니다.
킁킁

-명절 아침-
...

흐음...
못마땅
무슨 짓을 하는 거야...

?
아!

태수 절하는 걸 깜빡했네
가족이니까 너도 해야지
???

태수 건강하게 해 주세요~
푸헐, 무슨 절이 그렇게 엉성해
개잖아
???

저희 집에선 설과 추석에 조촐히 차례를 지냈습니다. 하지만 이 글을 읽는 모든 분이 알고 계시듯, 아무리 조촐하게 지낸대도 일단 차례를 지내기 위해선 할 일이 많습니다. 나물을 무치고 국을 끓이고 밤을 깎는 등의 일이 있지만, 하이라이트는 뭐니 뭐니 해도 전을 부치는 것입니다. 온종일 전을 부친 날은 전 부친 사람의 옷뿐만 아니라 개의 몸에서도 부침개 냄새가 나는데, 부침개 냄새가 나는 개를 끌어안고 킁킁 냄새를 맡는 것은 웃기면서도 즐거운 일입니다.

이윽고 명절 당일 아침이 되어 식구가 차례상을 차리고 있으면, 태수는 소파 위에 앉아서 그 광경을 바라봅니다. 왜 저렇게 커다란 상을 펼쳐놓고 음식을 차리고 있는지, 왜 차린 음식을 바로 먹지 않고 그 앞에서 절을 하는지, 괴상한 냄새가 나는 향은 왜 피우고 저쪽에 켜놓은 촛불은 뭔지, 왜 식구가 저렇게 평소와 다른 행동만 골라서 하고 있는지 어리둥절한 기색이 가득합니다.

어느 명절부터는 태수도 함께 차례상에 절을 올리기 시작했습니다. "태수는 우리 집 막내이니까 자격이 있다!"라는 식구의 만장일치로 결정된 일이죠. 조상님들도 이해해 주셨을 거라 믿습니다. 시간이 더 흘러, 이제는 저희 집에서도 시대의 흐름을 따라 차례를 지내지 않기로 했는데요. 아마 그것도 다들 이해하실 거라 믿고요. (찡긋)

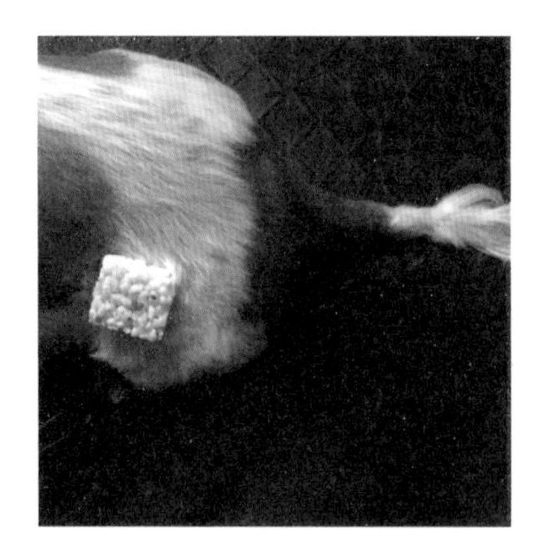

사랑을 증명해 봐

어이구
예뻐라~
어쩜 이리 예쁠까?

애정 어린 손길로 열심히 태수를 쓰다듬고 있으면
태수가 세상에서 제~~일 예쁘지~~?

태수는 벌떡 일어나 냉장고 앞으로 달려가서
후다닥

나를 빤히 쳐다보고 합니다.
뚱
어
져
라

...
...

개껌으로 사랑을 증명하라는 것입니다.
예쓰!
개껌?

. . .
쌩—

물질로 사랑을 증명하길 요구하다니!!
쩝쩝

쩝쩝

. . .
쩝쩝쩝

!
아그작
쩝쩝

내가 연애를 이렇게 해야 했는데!!!
꿀꺽
……쉽지 않죠.

태수와 살면서 깨달은 것이 하나 있다면, '사랑은 표현해야 한다.'는 것입니다. 제가 아무리 "나는 너를 사랑한다."라고 말한들 태수가 만족하진 않으니까요. 맛있는 것을 주고, 장난감으로 놀아주고, 밖으로 데리고 나가 산책을 하고, 다정한 손길로 쓰다듬어야 합니다. 이런 것들을 성실히 해 준 날의 태수는 누가 봐도 의기양양합니다. 바빠서 소홀히 한 날은 눈에 띄게 의기소침해지죠.

당당히 간식이며 놀이를 척척 요구하는 태수를 보며 '아, 나도 연애할 때 저렇게 해야 했는데…….'라고 생각한 적도 있습니다. 연애뿐만 아니라 전반적인 인간관계에서도요. 저는 서운한 게 있어도 서운하지 않은 척 참고 참다가 한꺼번에 폭발한 적이 여러 번 있거든요. "말로만 때우지 말고, 나를 소중하게 생각한다는 증거를 대라!"고 당당히 요구했거나, 서운한 점을 바로바로 표현했다면 좋았을 거란 생각이 들더라고요. 그래서 가끔은, 제가 더 어릴 때부터 태수를 키웠다면 인간관계를 더 잘 맺을 수 있지 않았을까 싶을 때도 있습니다. (그렇다고 지금은 잘하고 있느냐 하면 그건 또 아니군요.)

무서워하지 않아도 돼

태수가 어렸을 때
콰
광

천둥소리에 놀라서 토한 적이 있습니다.
헉
콰광

놀랐구나!
괜찮아,
아무 일도 아냐.

조금 더 크니까
콰룽
누구냐!
=월월
어느 놈이
나보다
크게
짖느냐!
천둥을 꾸짖더군요.

그리고 나이를 더 많이 먹은 지금은
콰광
쿠울
쿠울
아예
신경을
안 쓰는군;;

노견이 되면서
천둥의 원리를
이해하게 된 건
아닐 테고

저절로 알게 된 것이겠죠.
소리만
요란하고
별거
아니더만
흥
천둥이 쳐도
아무 일도 일어나지 않는다는 것을요.

가끔 옛날 사람들을 생각합니다.
콰
르릉
천둥 번개가 왜 일어나는지 몰랐을
사람들.

그래서 온갖 상상을 하며
우르릉
쾅!
이 밤이 어서 지나길 바랐을 사람들을요.

내가 마치 그런 심정으로
웅크리고 있을 때

무서워하지 않아도 된다고 말해 주는
사람이 있으면 좋겠다고 생각해 봅니다.

…시간이 지나면 자연스럽게
알게 된다 해도요.
zzz

태수가 어릴 때였습니다. 천둥·번개가 요란하게 치던 밤이었죠. 이상한 소리가 들려서 거실로 나가보니 태수가 구역질을 하고 있었습니다. 커다란 천둥소리가 무서웠던 것입니다. 나이를 좀 더 먹더니 그때부턴 천둥이 치면 "워워워워! 워워워워!" 하고 짖더군요. 마치 "누구냐! 누가 이렇게 큰 소리를 내느냐!"라고 꾸짖는 것 같았습니다.

태수를 보면서 옛날 옛적에 살던, 천둥과 번개의 원리를 모르던 옛사람들이 그 현상을 얼마나 두려워했을지 생각해 보곤 했습니다. 신이 노여워해서 고함을 친 게 천둥이라거나, 괘씸한 인간을 벌하기 위해 번개를 내린 거란 식의 전설이 괜히 생긴 것이 아닐 것입니다. 당시로선 나름대로 합리적인 이유를 찾아 자연 현상을 이해하려 노력한 것이겠죠.

그렇다면 태수는 자연 현상을 어떻게 받아들이고 있을까요? 저로서는 알 수 없는 노릇입니다. 어쨌든 이제 태수는 천둥이 아무리 크게 쳐도 신경도 쓰지 않습니다. 소리만 요란할 뿐 별거 아니란 사실을 알게 된 것 같아요.

무슨 일이 일어났지

저는 태수입니다.

나이를 꽤 먹은 시추죠.
태수야
여기 좀 보자~~~

어이, 태수야?
개태수?

누나가 '개껌'이라고 말할 때 정말 신납니다.
개껌?

언제나 한결같이
개껌 줄까?

'개껌'은 마법의 주문이었어요!
개껌~

그런데 얼마 전이었어요.

제가 아플 때면 누나가 데려가는 곳이 있는데
동물
+
병원

거기에 있는 사람이 이렇게 말했습니다.
개도 나이 들면 소화 기능이 약해져서 개껌 같은 건 위에 부담이 돼요.

분명히 '개껌'이라고 했어요!
개껌이 질겨서…
앞으로는 개껌은 안 주시는 게…

그런데 그날 이후, 누나는 절대로 '개껌'이란 말을 꺼내지 않습니다.
졸라도 할수없어;;

대체 무슨 일이 일어난 거죠?
그 사람이 말했을 때 마법이라도 풀렸나요?

태수가 가장 좋아하는 단어 중 하나는 '개껌'일 것입니다. 기분이 처져서 누워 있을 때도 "개껌?"이라 말하면 벌떡 일어나 냉장고 앞으로 달려가죠. 어렸을 적부터 지금까지 한결같습니다. "개……"까지만 말해도 눈치챈 지는 오래되었고요. "개……"라고 말하고 잠시 간격을 두다가 마침내 "……껌!"이라고 외칠 때까지의 긴장 넘치는 시간은 저도 무척 즐겁습니다. 그렇게 받아든 개껌을 앞발로 붙들고, 질긴 소가죽이 말랑해질 때까지 온 신경을 집중해 씹는 태수를 보고 있으면 '내가 살면서 무언가를 저렇게 집중해서 한 적이 있었나?'란 생각마저 들죠.

그런데 어느 날, 배탈이 나서 동물병원에 가서는 의사 선생님에게 청천벽력 같은 소리를 들었습니다. 이제 나이가 많이 들고 소화 능력이 떨어져서 되도록 개껌을 먹이지 않는 게 좋다는 것이었어요. 이야기를 듣는 동안 제 가슴이 철렁하더군요. 태수 견생 최대의 낙인 개껌을 줄 수 없다니. 과연 개에게 그 이유를 납득시킬 수 있을지 눈앞이 캄캄하더군요.

결국 태수가 가장 좋아하던, 소가죽이 돌돌 말린 개껌은 그날 이후로 저희 집에서 퇴출당했습니다. 그러나 태수의 즐거움을 송두리째 빼앗을 순 없었기에, 그보다 잘 부서지고 소화가 잘되는 개껌을 주고 있습니다. 다행히 태수도 타협안을 받아들여 주었고요. 그래서 아직도 저희 집에선 종종 "개……(한 박자 쉬고) 껌!"이란 즐거운 외침이 울려 퍼지고 있답니다.

개가 이해할 수 없는 것

폼롤러

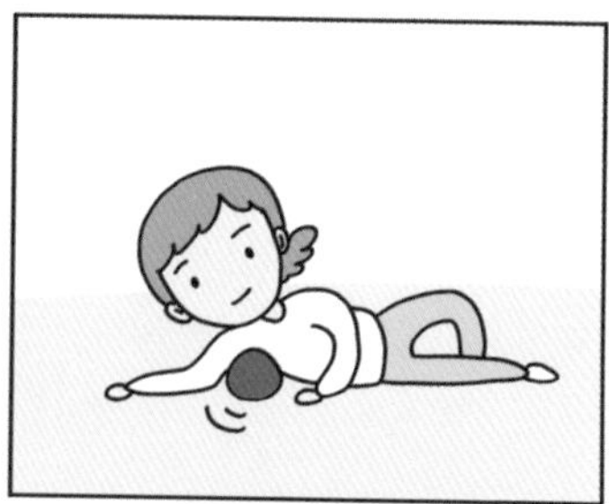

으아~
시원하다~

힐끔

못마땅~
못마땅~
못마땅~
크하하하
대체 무슨 짓을 하는 건가 싶지?

운동을 하는 거야~
너는 개라서 모르지?
흥흥

개는 이해하지 못하는 일이 세상엔 많다고~
후후

끄으응…

태수야!
누나는 지금 일을 하는 거야.

너는 개라서 모르지만
인간은 일을 해야 돼. 돈을 벌어야 한다고.
네 간식도 전부 돈으로 사는 거야.
졸라도 소용 없어

쓸쓸…
시무룩…
고독…
슬픔…
…

속상함…
외로움…
낙담…
힝…
체념…

산책?
예쓰!

그래.

개는 이해하지 못할
중요한 일이 있다고
으스대지 않고

더 많이 함께 밖으로 나올게.
성공!

태수는 저의 여러 행동을 못마땅해합니다. 폼 롤러로 마사지를 하고 있다든지, 스트레칭 하는 것, 책을 보는 것 따위가 모두 포함됩니다. 무슨 일을 하는 건지 도저히 이해할 수 없을 테니 그럴 만합니다. 못마땅해한다는 걸 어떻게 알 수 있냐고요? 아주 불편한 표정으로 저를 보다가 결국 "끙!" 하고 소리로 표현한답니다.

태수가 가장 못마땅해하는 저의 행동은 아무래도 일하는 것일 겁니다. 책상 앞에 앉아 몇 시간이고 꿈쩍 않고 있다니, 개의 눈으로 보기엔 얼마나 괴상한 행동일까요? 일을 해야 돈을 벌고, 돈을 벌어야 간식도 개껌도 살 수 있다는 것을 설명하고 싶은 마음이 굴뚝같지만 아무래도 불가능한 일입니다.

그래서 일을 많이 해야 하는 날이면 태수의 불만은 하늘을 찌릅니다. 제 옆으로 와서 '내가 여태까진 참았는데 더는 못 참겠거든? 쓸데없는 짓 그만하고 이리 와서 나랑 놀자!'란 듯 꿍얼거리죠. 그렇게 했는데도 제가 일어날 기미가 보이지 않으면 그때부턴 제대로 폭발해서 짖기 시작합니다. 그러면 아주 잠시라도 일어나 놀아 줘야 하죠.

때로는 태수가 너무 의기소침한 게 눈에 보여 '에라, 모르겠다!'라는 마음으로 함께 산책을 나갑니다. '드디어!'라는 듯 신나서 현관으로 달려가는 태수를 보면서 마음속으로 다시 한번 외치게 되죠.

'에라, 정말 모르겠다!!!'

어떤 고민이든 물어보세요!

태수는 도사님 #1

개님, 인간으로 살아가는 것이 너무 힘듭니다.
기운 낼 방법이 있을까요?

있지.

그것이 무엇입니까?

어릴 적에 먹었던 가장 맛있는 개껌을 떠올려 보거라.

왕좌

태수야!
또 거기에 앉아 있어?

희한하게도 꼭 등받이 쿠션을 쓰러트리고
영차
그 위에 앉는단 말야.
하암

TV나 볼까? 재밌는 거 하는지 보자~~
인간은 바닥에 앉음

어흥~
사자 다큐네.

사파리의 서열 1위 자리를 두고 사자들이 격렬하게 싸웁니다.

드디어 승자가 정해졌군요. 젊은 수사자가 이겼습니다.

승리한 수사자는 여유롭게
어딘가로 향합니다.

사파리에서 가장 높은 이 바위는
이제부터 녀석의 차지입니다.

무리의
대장이
앉는,
왕좌인
셈이죠.

힐끔

*소파+쿠션: 거실에서 가장 높은 장소

식구와 다 함께 살 때, 태수가 집에서 가장 좋아하던 자리는 소파였습니다. 소파로 올라간 후엔 반드시 등받이 쿠션을 쓰러트려 방석처럼 놓은 다음 그 위에 앉았죠. 저희 식구도 다른 많은 한국인처럼 소파가 있는데도 방바닥에 앉아 텔레비전을 보는 생활 습관이 있었는데, 그 바람에 태수는 식구 중 가장 높은 위치에서 집 안을 둘러볼 수 있었습니다. 태수가 그렇게 하는 이유를 알 순 없었고, 그저 푹신한 쿠션이 좋아서 그런가 보다 짐작하고 있었죠.

그러던 어느 날 TV에서 사파리의 사자들이 나오는 프로그램을 보게 되었습니다. 사파리에서 가장 높은 위치에 있는 바위를 두고 사자들끼리 싸우고 있더라고요. 서열이 가장 높은 사자만이 그 바위에 앉을 수 있다고 하더군요. 그 순간 '혹시 태수도 그런 이유로 집에서 가장 높은 자리를 고집한 게 아닐까?'란 의심이 들고 말았습니다.

그러나 설령 진짜 그랬다고 해서 괘씸하게 생각한 것은 아닙니다. 저희 집에선 태수가 왕이긴 하니까, 어쩐지 아주 쉽게 납득되고 말았습니다. 그때부터 태수가 소파의 쿠션 위에 앉을 때마다 태수가 사자의 왕처럼 보였을 뿐입니다.

몇 살일까

강아지다!!
← 생후
8개월 무렵

저, 강아지 좋아해요!
얘랑 놀아도 돼요?
응
너무너무
귀엽다!
신나!

강아지야~
안 짖네요?
겁이 나나?
겁이 좀 많긴 해.
꼬리도 흔들어요?
지금은
안 흔드네
지금은 처음 봐서
어색한가 봐
진짜
귀여워
어디 살아요?
저는
저쪽에
사는데
킁킁

얘는 몇 살이에요?
1살? 2살??
아직 1살도
안 됐어
네?!!!
0살도 있어요??
태어난 지 아직
1년이 안 됐거든
그렇구나
쭈쭈쭈
여기
보자
쭈쭈쭈

얘가 더 자라면
새끼도 낳겠죠?
아니.
얘는 수컷,
남자라서
새끼는 못 낳아
몇 마리나
낳을까?

...
...

그래도 얘가 크면
멋지겠다!!
나중에
이만~~큼 크죠?
얘는 그렇게
안 커;;
굉장해
이 정도?
흥흥흥

...
...

그래도 8살쯤 되면
더 크겠죠.

손!
손!
손 줘봐!
손을 안 주네요?
손 달라고 하면 주던데
손!!
얘는 할 줄 몰라

...
...

8살 정도 되면
할 거예요
너무 걱정 마세요

8살 되면 다 해요.
왜 오늘 처음 봤지??
넌 정말 귀엽다
앞으로 자주 보자~~
나는 강아지를 좋아해
아유~~ 예뻐라
쭈쭈쭈
쭈쭈
...

넌 몇 살이니?
저요?

8살이에요!
그런 것 같았다 ^^;;

태수가 아직 만 한 살도 되지 않았을 때, 산책하러 나갔다가 동네 꼬마를 만났습니다. 자기가 여덟 살이 되어 학교도 다니기 시작한 것을 매우 자랑스러워하는 꼬마였죠. 태수의 나이를 듣더니 "이제 여덟 살만 되면 뭐든 할 수 있을 거다. 덩치도 더 클 거고, 손을 달라거나 앉으라는 말도 다 알아들을 것이다."라고 하더군요. 아주 귀여운 꼬마였기에 오래 기억하고 있습니다.

개를 기르는 사람들은 가끔 이런 생각을 할 것입니다. '우리 개가 올해 여덟 살이네. 사람이었다면 초등학교에 갈 나이로군.', '열세 살이 됐네. 내년엔 중학교 입학할 나이구나.' 같은 생각이요. 저도 그렇습니다. '사람으로 태어났다면 학교도 다니고 혼자 밥도 챙겨 먹고 산책도 다녀올 수 있을 나이인데 개라서 아직 못하는구나. 아니, 오히려 어르신이 되어버리고 말았구나.' 그런 생각을 하며 묘한 기분이 들고 맙니다.

태수도 이제 '노견' 카테고리에 들면서 슬슬 백내장이 진행되기 시작했고, 소화 능력도 예전보다 많이 떨어지고 있습니다. 어느 날 태수가 세상을 뜨면 당연히 슬플 테고, 그런 상상만 해도 울컥하게 됩니다. 개의 수명이 더 길었으면 좋았을 텐데 너무 짧다는 생각도 하고요.

그렇지만 어쨌든 그런 이유로 제가 이 개를 끝까지 돌볼 수 있어서 다행이라는 생각도 합니다. 저는 개의 죽음을 받아들이고 슬픔을 감수할 수 있을 것 같지만, 개는 제가 먼저 죽었을 때 무슨 일이 일어나는지도 모르는 채 버려졌다고 생각할 수도 있을 것 같아요. 행여라도 그런 일이 일어나지 않도록 저의 건강도 돌봐야겠다고 생각하게 됩니다. 이야기가 너무 비장하게 흘러가는 것 같지만, 그래서 저는 비명횡사하지 않기 위해 무단횡단도 절대 하지 않습니다.

좋은 삶이야

태수야.
너는
개로
태어나서
개로
살다
가는구나
꼼지락

더 나은 개가
될 필요가
없으니까
불면도
없겠지

존재하는
것으로
충분한
삶

…좋은
삶이구나

네 덕분에
나도
이 순간만큼은
충분히
좋은 삶이라고
느낄 수 있어.

태수가 가장 부러운 건 '그저 개로 존재해도 충분한 삶'이란 것입니다. 가족 구성원 누구도 태수에게 더 귀여울 것, 더 성실할 것, 더 발전적인 모습을 보여줄 것을 요구하지 않으니까요. 그저 우리 옆에 존재하는 것으로 충분하고, 사랑스럽습니다.

가끔 삶에 지쳐서 힘들 때면 이런 한탄을 하기도 합니다.

'어째서 뭘 좀 해보겠다고 이 난리인가?', '그래서 뭐가 안 되면 괴롭고 난리인가?', '왜 이루고 싶은 꿈이 있고 난리인가?', '꿈이 손에 잡히지 않으면 속상하고 난리인가?'

그럴 때면 태수가 한없이 부러워지곤 하죠.

그러나 그렇게 제가 아무것도 아닌 것 같고 초라하게 느껴지는 순간조차도 저만 보면 기뻐하는 태수를 보며 위안을 얻습니다. '나를 이렇게 좋아하는 존재가 있으니 나는 결코 아무것도 아닌 사람이 아냐.'라는 생각도 들죠. 밖에서 제가 어떤 실수를 하고 돌아와 낙담하든, 어떤 푸대접을 받고 돌아와 의기소침하든, 태수는 개의치 않습니다. 그저 제가 옆에 있으면 오케이라고 해주죠. 그 순간이면 저도 '존재 자체로 괜찮은 삶'이 됩니다.

세상의 모든 개들

태수와 산책하면 사람들이 말을 겁니다.
귀여워
안녕

안녕~~~ 산책하러 나왔어요?
네~~~
사람이 대답

그중에서도 많은 분들이
저도 예전에
우쭈쭈~

이렇게 말하죠.
시추를 길렀어요

우리 시추는 재작년에 갔어요
그래도 오래 잘 살았어요

남편이 술만 마시면 개를 때려서 얼마나 미안했는지…
아직도 마음이 아파

때로는 말하지 않아도 짐작할 수 있습니다.
걷는 것 봐 아아아아~
아아아~ 얘 좀 봐!!

죄송해요
이 언니가 시추만 보면 이래요
안녕
안녕
안녕
안녕

...

저도 언젠가는 그런 때가 오겠죠.

세상의 모든 시추들을 볼때마다 너를 떠올리겠지?

태수와 함께 다니다 보면 동네 주민들과 대화하게 될 때가 많습니다. 먼저 인사하며 다가오는 분들이 많죠. 그중에서도 시추를 기르고 있거나, 예전에 기른 적이 있는 분들은 한눈에 알아볼 수 있습니다. 태수를 바라보는 눈빛이 다르니까요. "우리 개랑 너무 닮았다."라거나, "우리 개도 꼭 이렇게 걸었다."라고 말하며 즐거워하는 분들을 보면 '나도 언젠가 이런 말을 하고 있겠구나.' 싶습니다.

언젠가 태수를 먼저 보내고 나면 저도 우연히 마주치는 시추를 그냥 보낼 수 없을 것 같습니다. 걷는 모습을 보고, 얼굴을 들여다보고, 어쩌면 한번 쓰다듬어도 되냐고 조심스레 물어보겠죠. 우리 개도 꼭 이렇게 생겼다고 말할 것입니다. 그리고 주인과 함께 자리를 뜨는 그 개에게서 쉽게 눈을 떼지 못하겠죠.

누구나 자신과 함께 살던 개와 닮은 개를 보면 더욱더 애틋한 마음이 들겠죠. 예전에 저의 이웃이었던 아주머니도 그러셨던 것 같습니다. 몰티즈와 살던

분이었는데, 언젠가부터 오랫동안 개가 짖는 소리가 들리지 않아 조심스레 여쭤보니 그동안 나이가 들어 세상을 떴다고 하더라고요. 그런데 시간이 많이 흐른 어느 날, 그분이 몰티즈 두 마리를 데리고 산책하러 나가는 모습을 보았습니다. 유기 동물 보호소에 있던 개들을 데려오셨다고 해요. 아주머니와 살던 개와 꼭 닮은 두 마리 몰티즈를 보며, 보호소에서 그 개들을 보고 어떤 심정으로 데려오신 거였는지 짐작할 수 있었습니다.

그러나 꼭 함께 살던 개와 닮은 개에게만 그런 마음이 드는 것은 아닐 것입니다. 얼마 전에 할머니 한 분이 태수를 보고, 친구분에게 이렇게 말씀하시는 걸 들었어요.

"내가 개를 이십 년 키우다 보냈거는. 그때부턴 개만 보면 슬프다."

아, 그 말을 듣는 저도 슬퍼지고 말았습니다. 그러나 그 할머니가 태수를 애정 어린 눈길로 보셨던 것처럼, 저 역시 세상의 모든 개들을 애정 어린 눈길로 보게 되겠죠.

텔레파시 전송기

텔레파시 전송기 발명
2050년 11월
DDC호텔
기자 회견
찰칵
찰칵

축하드립니다!
텔레파시 전송 장치를 발명하게 된 계기가 무엇인가요?

텔레파시 전송기 발명
2050년 11월
DDC호텔
기자 회견
그러니까 그게…
30여 년 전이었죠

제가 기르던 '태수'라는 개가
장염에 걸렸습니다.
또 설사네?
쑨

설사는 며칠이나 계속되었죠.
푸드드득
걱정이 이만저만이 아니었습니다.

그렇게 계속 고생하던 어느 날
끄응~

드디어 정상적인 변이 나왔습니다.
만세!
※실제로는 다른 색깔입니다.

됐어! 성공!
아~~주 훌륭해!!
아주 멋진 똥을 눴어!
태수가 해냈어!
어쩜 이렇게 예쁜 똥을 눴을까~~
태수 진짜 대단하다 그렇지~~

이렇게 훌륭한 똥을 누다니 대단…
……몹시 무안했죠.

하지만 텔레파시를 전송할 수 있다면?!
조금 전엔 당황하셨죠? 저희 개가 며칠
장염으로 계속 고생하다가 이제야 건강한
변을 누게 되어 기쁜 마음에 그만 그렇게
저는 원래 평소엔 이런 사람이 아니며

와~
이것이 제가 텔레파시 전송기를 발명하게 된 계기입니다!
와~

언젠간 나오겠지…
???

태수에게는 평소에 사람에겐 결코 내지 않는 다정한 말투로 이러쿵저러쿵 떠들게 됩니다. 밖에 나와서도 집에서 그러던 것처럼 무심코 “그랬쪄요? 저랬쪄요?” 하고 있는데 바로 근처에 사람이 있을 때는 정말 머쓱해지고 맙니다.

특히 배변에 대해 이야기를 할 때 오해를 사기 십상이죠. 동물을 기른다는 건 똥을 치우게 된다는 것을 의미할 만큼 동물과 똥은 뗄 수 없는 관계이기에, 일상의 많은 순간 똥을 치우고 똥에 대해 생각하고 똥 이야기를 하게 될 수밖에 없습니다. 그러다 보니 똥에 대한 혼잣말도 자주 하게 됩니다. 얼마 전엔 태수가 전봇대 냄새를 맡는 것을 기다리며 서 있는 동안 무심코 이렇게 내뱉었습니다.

"오늘 똥 눴나? 눠야 하는데. 아니다 참, 아까 똥 눴구나. 똥 눴는데 까먹었구나."

말을 하고 나서 근처에 한 아주머니가 앉아 계신 것을 보고 흠칫 놀랐습니다. 졸지에 오늘 똥을 눴는지 아닌지 혼잣말하는 사람처럼 되어버린 것 같았으니까요. 하지만 그렇다고 그분에게 제 얘기가 아니라 우리 개 얘기라고 부연 설명하는 것은 더 이상할 것 같아, 그 자리를 후다닥 뜰 수밖에 없었습니다. 그럴 때 텔레파시 전송기든 휴대용 자막 기계든 실행해서 "개 얘기였음."이라고 설명할 수 있으면 좋겠다는 상상을 하곤 합니다.

태수가 사료 먹는 법

태수야!
밥 먹자!
안 먹으면
누나가
다 먹는다!

이건 봐라~
냠냠~냠냠~
아 맛있어~
다 먹어 버리네~
혼신의 연기

사료 되게
맛있다~
냠냠냠~
후후
어디
한번
안달해
보시지!

태수가 사료 먹는 법 ②
-무시하기-

태수야!
밥 먹자!
사료 위에
간식을
토핑했지!

주섬…
주섬…
신중…
신중…
깨작…
깨작…

태수가 사료 먹는 법 ③
-걷어 내기-
…
사료는
그대로

태수야!
밥 먹자!!
간식을 잘게
잘라서
사료랑 섞었지!
사료도 먹어야 할 거다

촤르르
촤르르

태수가 사료 먹는 법 ④
-밀어내기-
…

태수야!
밥 먹자!!!
아예
통조림이랑
비볐다!!!

ㅋㅋㅋ
챱챱챱

우물
우물

!

태수가 사료 먹는 법 ⑤
-뱉어내기-
퉤
야 이!

사료. 사료란 무엇일까요? 어째서 개의 식량으로 나왔지만 개는 이것을 좋아하지 않을까요? 한평생 똑같은 음식만 주면 사람이어도 싫을 거란 생각을 하면서도, 사료를 먹어야 개의 건강에 좋다니 골치가 아픕니다.

여러 가지 간식을 사료 위에 토핑하거나 때로는 습식 간식을 비벼 주기도 하지만, 그렇다고 매번 사료까지 잘 먹어주는 것은 아닙니다. 행여 사료 한 알이라도 입에 들어갈까 봐 아주 조심스레 간식만 골라 먹는 태수를 보고 있으면 탄식이 절로 나옵니다. 골라 먹지 못하도록 습식 캔에 비벼 차려줬더니 우물거리다가 사료만 뱉어낼 땐 "이 자식이!"란 소리가 절로 나오죠. 정말이지 환장할 노릇입니다.

어릴 적에 저는 밥을 잘 안 먹는 어린이였습니다. 하도 먹지 않으니 어머니가 구운 김에 밥을 싸서 놓아두셨는데, 그걸 한 개 집어 먹고 나가 놀다가 다시 들어와 또 한 개를 먹는 식으로 식사를 했죠. 그때 어머니가 얼마나 열 받으셨을지 지금은 이해할 수 있습니다. 그리고 밥을 남길 때 어머니가 "지금 이 순간에도 굶고 있는 어린이들이 있는데!"라며 화를 내셨던 것과 마찬가지로, 저는 사료를 잔뜩 남긴 태수에게 "지금 이 순간에도 굶고 있는 길냥이들이 있는데!"라고 얘기하곤 합니다.

의기양양

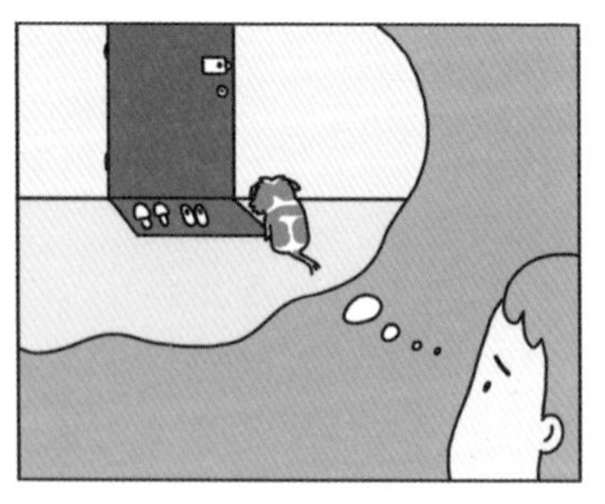

의기양양 위풍당당

...

후다닥

삑삑삑삑
1 2 3
4 5 6
7 8 9
* 0 #

태수야!
누나 왔다!

우리도
나가자 !!!!!

가자!
태수!!

나도
산책하러
나왔어

나도 가족이랑 나왔다고!!
의기
양양

친구들을 만나거나 용무가 있어 혼자 밖에 나갔을 때, 가족과 산책하러 나온 개들을 보면 자연스럽게 태수 생각이 납니다. 가족과 나온 개들의 표정은 일단 밝고, 걸음이 발랄하며, 온몸에서 의기양양함을 뿜죠. 아무리 겁이 많은 개여도 가족 옆이라면 최소한의 당당함이 있습니다.

그래서 그런 개들을 많이 보는 날이면 제 걸음도 빨라집니다. 집에서 우두커니 웅크리고 제가 언제 돌아올까 손꼽아, 아니 발꼽아 기다리고 있을 태수를 떠올리면 너무 안쓰러우니까요. 그렇게 걸음을 재촉해 현관문을 열고 "태수야!" 외치면 태수는 후다닥 달려 나와서 왜 이제 왔냐며 꾸짖습니다. 그리고 산책줄을 챙겨 밖으로 함께 나가면, 이제 태수도 의기양양한 개가 되어 세상에 발을 내딛는 것이죠.

세상의 개들이 이런 순간을 자주 누리면 좋겠습니다. 혼자가 아니고, 가족과 함께 나와서 의기양양한 개를 많이 만나면 좋겠습니다. 의기양양한 개를 보는 것은 언제나 즐거운 일이니까요.

어떤 고민이든 물어보세요!

태수는 도사님 #2

개님. 단풍이 이렇게 아름다운데 인간 세상은 엉망진창입니다.
어찌해야 하나요?

아무리 세상이 어지러워도
진짜 중요한 게 무엇인지 잊지 않으면 된다.

그게 무엇입니까?

산책, 간식, 개껌이다.

바빠졌어

인형 가지고
놀까??

놀까?
응??
놀까?

술래잡기
할래??
누나
없다아~~

빼꼼

삐쳤다…
단단히
삐쳤어…
꿀꺽

눈치
눈치

눈치
눈치

눈치
눈칫밥

우리 개가
삐졌다…

우리 개가
삐졌다…
삐졌어…
내가
개를
삐치게
했다…
삐졌어…
나 때문에
삐졌다…
일을 진작
해 놨어야지…
쓰레기…

쫑긋
챡챡챡
(발소리)

웡!

일이 많이 몰렸는데 마감 시각은 코앞이라 눈코 뜰 새 없을 때가 있습니다. 화장실에 가는 것도 최대한 참다가 뛰어갔다 와야 할 판이죠. 그러나 제가 그런 상황에 부닥쳤다는 걸 알 도리가 없는 태수는 평소처럼 놀거나 나가자고 조릅니다. 태수가 좋아하는 인형을 물고 으르렁거리는 것은 그 인형으로 놀아달라는 신호인데, "안 돼(태수가 가장 싫어하는 말입니다)."라고 아무리 말해도 소용없습니다. 그래서 결국 더 크게 "안 돼!" 외치고 일을 계속하면 단단히 삐치고 말죠. 일단 호되게 삐치고 나면 제가 마침내 일을 다 끝내고 달려가도 바로 풀리지 않습니다.

그러나 조금 기다리면 태수는 이윽고 언제 삐쳤냐는 듯 다시 다가와 아는 체를 합니다. 아까의 외면을 용서받는 순간입니다. 그럴 때면 고맙기도 하지만 마음이 참 복잡해집니다. 개는 왜 이렇게 착한 걸까요? 왜 이렇게 쉽게 용서하고, 오랫동안 곱씹거나 몰아세우지 않고, 인간이 다시는 자신을 소홀히 할 수 없도록 단호히 응징하지 않을까요? 개는 너무 착해서 슬픈 동물입니다.

그해 겨울

어느 해 겨울

끝없는 무기력에서 벗어나지 못하던 때
아무 것도 안 하고
일 년이 또 갔네

강아지, 태수가 왔습니다.

완전히 다른 일상이 시작되었죠.
왕!!
알았어, 일어날게…

때마다 밥을 먹이고
이 정도면 되나?
왕!!
잠시만! 잠시만!
사료

대소변을 치우고
천재인가 봐!!
왕!!
두 달 걸렸지만!
배변판

씻겨 주고
으악
지금 털면
안 돼

아프면 병원에 달려가고
조금만
참아!
안 아프게
해 줄게!

무엇보다, 햇빛을 보고 걸으면서

사람들과 인사하기 시작했던 것입니다.
아유~~
몇 살이에요?
한 살이요

신기하게도

나 아닌 다른 존재를 돌보면서

내가 나아지고 있었습니다.
일어나고
움직이고
집을 나서고
걷고 달리고
말하고
교감하고
웃고 있다,
내가.

이 작은 개 한 마리 때문에

저는
죽고 싶다…

조금씩 더
하지만
그러면
태수는?

살았습니다.
잘 살아 볼게
건강할게
너는 내가
끝까지
책임질게
약속할게

2007년, 크리스마스 이틀 전
이름을 어떻게 지을까?

테스?
(Tess)
← 어머니
엥??
그건 여자 이름인데 얘는 수컷인 걸;;

그럼 '테스'랑 비슷한 발음으로
태수라고 합시다!!

너는 이제부터 태수야!

그동안 많이 들은 질문 중 하나는 "개 이름이 왜 태수예요?"인 것 같습니다. 이 귀여운 개가 처음으로 집에 온 날, 식구는 이름 짓기 회의부터 열었답니다. 저마다 자기가 생각하는 이름을 몇 개씩 말해 봤지만 어느 것도 온 가족의 마음에 쏙 들지는 않았죠. 그러다가 어머니가 강아지를 안아 올리며 지나가듯 말씀하셨습니다.

"테-스?"
"테스? 여자 이름이잖아. 얘는 수컷이야."
"그래? 그럼 안 되겠네."
"아니지. 비슷한 발음으로 태수라고 하면 되지. 그래, 태수 괜찮네."

그렇게 이 개는 '테스'와 발음은 비슷하지만 분위기는 많이 다른 '태수'가 되어 우리 가족으로 살기 시작했습니다. 그러나 이 이름에 강한 거부감을 느낀 이가 있었으니, 저의 남동생입니다. 동생은 "태수는 사람 이름 같아서 도저히 못 부르겠다."고 했죠. 그래서 고민 끝에 '개'라는 성도 붙여 주기로 했습니다. 결국 태수의 풀네임은 '개태수'가 되었고, 지금도 식구는 '태수'와 '개태수'를 번갈아 부르고 있습니다.

복권 판매점

저의 모토는 '착실히 살자'이지만
착실함과는 거리가 있지만 모토는 일단…

꿈은 '일확천금'입니다.
흐흐흐

태수야!
복권 판매점
축 1등
명당
잠깐 저기 좀 들르자~~

태수야!
복권 판매점
축 1등
명당
저기 좀 들렀다 가자!

태수야!
복권 판매점
축 1등
명당
잠깐만~~

그러던 어느 날
한 바퀴 돌고 오자!!

척 척
잉??
어디로 가는거?

복권 판매점
축 1등
명당
헉
(자연스레)
오늘은 가자고도 안 했는데…

복권 판매점
축 1등
명당
'안 들어가고 뭐 해?' 라는 표정

내가 복권을 그렇게 자주 샀나?

다른 개들은 자기를 예뻐하는 사람들이 있는 곳으로 달려간다던데
또 왔구나!
헥헥
오늘도 빵 먹을래?

우리 개는 나 때문에……
누님, 이번엔 꼭 당첨되쇼

<복권방에 들르는 개>

미안하다
개여…

아무래도
안 되겠다.
이제부터
되도록…
???

1등에 빨리
당첨돼야겠다!
마당 있는 집을 사자!!

만화에서 말했듯 저의 모토는 '착실히 살자.'입니다. 실제로 착실함과는 거리가 멀지만, 애초에 모토이니 좌우명이란 것은 자기에게 부족한 것을 내세우게 되기 마련이니까요. 어쨌든 하늘에서 뚝 떨어지는 행운은 많지 않다고 생각하며, 일한 만큼 얻는 것이 맞다고 생각하는 편이죠. 그럼에도 마음 한 구석에 자리하고 있는 일확천금의 꿈을 몽땅 버리진 못해서, 로또 복권을 종종 구입하고 있습니다. 태수와 산책하러 나간 김에 복권 판매점이 보이면 들러서 1-2장씩 구입하는 식이죠.

그러던 어느 날, 제가 그쪽으로 가자고 하지도 않았는데 아주 자연스럽게 복권 판매점으로 들어가려 하던 태수를 보고 큰 충격을 받았습니다. SNS를 보면 다른 개들은 자기를 예뻐하는 주인들이 있는 꽃집이나 카페, 빵집 같은 곳에 가는 것을 좋아하더라고요. 그런데 태수는 저 때문에 복권 판매점에 들르는 개가 되었던 것입니다. '시키지 않아도 척척! 오늘도 꽃집에 들르는 개의 사연'이란 제목은 〈TV 동물농장〉이나 〈순간포착 세상에 이런 일이〉 같은 TV 프로그램에 어울릴 법하지만, '어떻게 된 일일까? 매일 같이 복권 판매점으로 향하는 개'란 제목은 〈궁금한 이야기 Y〉에 나올 것만 같은 분위기입니다. 정말이지 미안한 마음이 들더라고요.

그러나 그 후로 로또 구매를 그만둔 것은 아닙니다. 이왕 이렇게 된 것(!), 하루빨리 1등에 당첨되어야겠다는 마음을 먹고 여전히 구입하고 있습니다. 1등에 당첨된다면 가장 먼저 태수가 언제든 뛰놀 수 있는, 마당이 있는 집을 사고 싶어요. 그런 날이 오면 좋겠습니다.

지켜보고 있다

잘 자네

개와 함께 산다는 것은 언제나 나를 지켜보는 눈이 있다는 것이기도 합니다. 집안일을 하든, TV를 보든, 자리에 누워 마냥 쉬고 있든, 고개를 돌리면 어디선가 개가 바라보고 있으니까요. 언제나 자기 시야에 제가 있어야 안심하는 것 같습니다. 가끔은 책상 앞에 앉아 일을 하다가, 태수가 어느 틈에 의자 밑에 앉아 있는 것을 발견하고 화들짝 놀라기도 하죠. 모르는 채로 일어나다가 꼬리라도 밟으면 큰일입니다.

그래서 가끔은 난처하기도 합니다. 평소보다 샤워 시간이 길어지기라도 하면 안 나오고 뭐 하냐며 짖고(코에 있는 피지를 짜고 있었을 뿐인데!), 빨래를 너느라 베란다에 나갔을 뿐인데 어디 갔냐며 짖어대곤 하니까요. 허겁지겁 빨래를 널고 돌아오면 기껏해야 단 3분 만에 봤으면서 3개월은 못 본 것처럼 난리가 납니다. 마찬가지로, 쓰레기를 버리러 다녀올 때도 초스피드로 잽싸게 다녀와야 합니다. 그렇게 제가 쩔쩔매고 있으면 저희 어머니는 제가 어릴 때 어머니가 눈앞에서 사라지면 그렇게 울어댔다면서 고소해 하시죠.

그러나 인간의 마음이란 참 이상합니다. 태수에게 "뭘 그렇게 호들갑이야!" 라고 하면서도, 막상 태수가 고단하게 자느라 제가 왔다 갔다 하는 것을 모르고 있을 땐 살짝 아쉬운 마음이 들거든요. 그러다가 태수가 실눈을 떠서 제가 있다는 걸 확인하기라도 하면 '누나 어디 안 가!' 하며 피식 웃는 것이죠.

가위눌린 밤

기상 알람을 설정하는 데엔
두 부류의 사람이 있다고 합니다.
알람
오전 7:00
vs
알람
오전 7:00
오전 7:05
오전 7:10
오전 7:15
오전 7:20

저는 이쪽입니다……
다섯 번째 알람
척

인공지능아
알람을 오전 7시부터 10분 간격으로 9시까지 켜 줘

…죄송해요.
잘 못 알아들었어요.
그래. 이상한 요구였지…

알람 한 번에 칼같이 일어나는 게
헉
번쩍
몇 시지?

너무나 힘듭니다.

그런데 희한하게도

태수가 내는 소리엔 단번에 눈을 뜹니다.
번쩍
끙

태수도 그 사실을 알고
번쩍
끙

잘 활용하는 것 같습니다.
간식?
새벽 3시에?

그러던 어느 밤, 가위에 눌렸는데

아무리 애써도 깰 수 없었습니다.
으…
아…

그런데 그때
태수 발소리!
착착착

번쩍
웡!

깼다! 가위에서 깼어!
태수 덕분에!!!

태수가 누나를 깨워 줬어!!
고마워 태수!!

태수 최고!
엊저녁에 밥을 일찍 먹어서
출출해서 누나를 불렀는데 누나가 되게 좋아하네요

매일
깨워야지
그거 아니야…

으으…
괴로워…
움직일 수
없어…
착착착
태수다!
살았다ㅠㅠ
이제
깰 수 있어!
나에게는
개가 있어!
웡!

제가 정말 부러워하는 사람들이 있는데, 알람을 딱 한 개만 맞춰 놓고 벌떡 일어나는 이들입니다. 저는 도저히 그럴 수 없거든요. 밀린 일을 하다가 너무 피곤해서 '한 시간만 자고 일어나서 계속 일하자.' 생각하고 알람을 맞춰봐야 소용없습니다. 그 많은 알람을 어떻게 일일이 다 끄면서 잤는지 제가 생각해도 미스터리죠. 그런데 참 신기하게도, 태수가 내는 소리엔 단번에 눈을 뜨게 됩니다. 아무리 작게 끙얼거려도 말이죠.

어느 날, 피곤했기 때문인지 저는 자다가 가위에 눌렸습니다. 이전에도 가위눌린 적이 몇 번 있었지만, 그날처럼 심한 적은 처음이었죠. 도저히 벗어날 수 없어 겁에 질린 차에 '착착착착', 이쪽으로 개가 걸어오는 소리가 들렸습니다. 이어서 태수가 "웡!"하고 작게 짖었고, 저는 눈을 번쩍 뜰 수 있었습니다. 그날 태수는 저녁밥을 평소보다 일찍 먹었답니다. 아마도 그래서 출출해진 바람에 간식을 달라고 온 것 같았습니다. 어쩌면 제가 가위눌려 끙끙거리는 소리를 듣고, 평소와 다른 기색이 수상하게 느껴져 온 것인지도 모릅니다. 이유야 어쨌든, 태수는 멋지게 가위를 쫓아주었습니다.

그날 밤 가위눌려 괴로워하고 있을 때 들려온 태수의 발소리는 평생 잊을 수 없을 것입니다. '아, 개다. 이제 깨어날 수 있다. 나에겐 개가 있다!' 하며 안도하던 그 순간을요.

누가 이랬을까?

~너저분~

...대체 누가
이랬을까?

형아가 그랬을까??
쿠션이
소파에 있는 것이 싫다!!
으아~

잠깐...
소파에 발톱으로 할퀸 자국도 생겼네??

많이도 할퀴었네...
누가 이랬을까?

고양이가 그랬을까??
지나가다가 들어와서
소파를 긁고 나갔다옹!

헤어 드라이어
절
단

누가…
누가 이랬을까?

목욕하고 나서
드라이어로 말리는 걸
싫어하는 누군가가
그런 것 같은데…

대체 누가 이런 건지

도저히 모르겠네…?
dd

만화에서는 태수가 사고 쳤던(!) 순간만 모아 담았지만, 그래도 태수는 얌전한 편입니다. 한창 이가 나면서 근질거릴 때 문지방이며 방문, 의자 다리 같은 곳을 갉긴 했지만 그 정도로 끝났죠. 용케도 자기한테 사준 장난감들만 가지고 놀더라고요. 인형을 물어뜯어서 몸통의 솜을 꺼내버리기도, 건전지로 움직이는 장난감 강아지의 숨통을 1분 만에 끊어버리기도, 들어가서 쉬라고 사준 개 전용 텐트를 박박 긁어 커다란 구멍을 내기도 했지만, 어쨌든 대체로 자기 소유의 물건들만 착실히 망가뜨려 온 편입니다.

그런 태수가 인간의 세간을 망가뜨린 사건이 있었습니다. 헤어드라이어의 전선을 씹어 똑 끊어버린 일이었죠. 망가진 드라이어를 들고 황당한 표정으로 서 있는 제 옆에서 태수는 자기 짓이 아닌 듯 시치미를 떼고 있었지만, 가전제품의 전선을 이빨로 씹어서 끊을만한 구성원은 우리 식구(사람 셋, 개 하나) 중에서 자기밖에 없다는 사실은 모르는 모양이었습니다.

태수가 최초로 고장 낸 세간이 드라이어였던 게 과연 우연의 일치였을까요?

아니요, 저는 아직도 일부러 그런 거였다고 믿고 있습니다. 태수도 여느 개들처럼 목욕 후에 털 말리는 걸 싫어했기 때문입니다. 몸이 푹 젖은 상태에서는 체념한 듯 누워서 이리저리 드라이어 바람을 쐬다가도, 털이 거의 다 마른 것 같으면 벌떡 일어나서 '이제 그만해!'란 듯이 짖으며 온 집 안을 뛰어다니곤 했죠.

그런 태수의 눈으로 바라본 드라이어는 어떤 존재였을까요? '웅- 웅-' 한없이 시끄러운 데다가, 더운 입김을 뿜으며 달려드는, 있는 거라곤 입밖에 없는 괴상한 요물이었을지도 모릅니다. 저놈만 사라진다면 앞으로는 목욕한 후에 털을 말리지 않아도 되는데! 그러니 기회를 엿봐서 혼내줘야겠다고 전부터 마음먹었겠죠. 그리고는 식구가 없는 틈을 타서 감행, 전선을 잘근잘근 씹고 또 씹어 드디어 드라이어의 숨통을 끊어낸 것입니다! 그 순간 이 작은 개가 얼마나 의기양양했을까요? 저는 그 장면을 상상하면서 웃느라 태수를 혼내지도 못했습니다.

그러나 태수의 응징은 보람 없었습니다. 인간이 절연 테이프라는 것을 이용해 드라이어를 다시 살려놓은 것이죠. 그때 부질없음을 깨달았던 것일까요? 태수는 이후로 다시는 어떤 세간도 망가뜨리지 않았습니다.

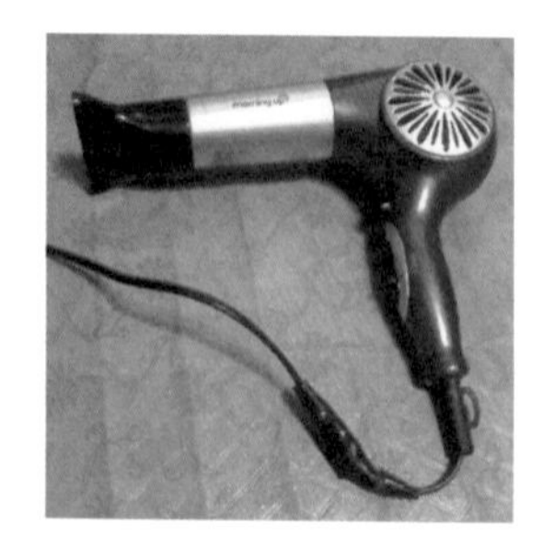

어떤 고민이든 물어보세요!

태수는 도사님 #3

개님, 올해는 정말 잘 살아보고 싶습니다.
어떻게 하면 잘 살 수 있을까요?

……지금까지 잘못 살고 있었다는 건 아는가 보구나.
몰라서 그렇게 사는 줄 알았다…….

손님이 왔다

딩
동

워워워워!
누구세요?
인터넷 기사입니다!
워워 워워!
=누구냐!!
제법 용맹하게 짖다가도

막상 손님이 집에 들어서면
움찔
~세상 조용~
집에 들어왔어??

공유기가 어디에 있나요?
이쪽이에요
...

살펴볼게요~

당혹
뭐지??
뭐지??

의문
누군데
우리집에
들어왔지??

경악
우리
물건을
맘대로
만지는데
?????

확인
누나의
반응은?
힐끔

안심
위험한
상황 같진
않군…

호기심
가까이
가서
냄새를
맡고
싶다…
킁킁

결단
그래,
가 보자!
벌떡
안 돼

불만
힝...

체념
어쩔 수 없지...

....

지루함
졸리네...

다 됐습니다~
인터넷 잘 될 거예요

강아지가 참 얌전하네요
나름 격정적인 심경 변화가 있었어요

언젠가 TV 뉴스를 보다가 박장대소한 적이 있습니다. 불법 대부업자의 집에 단속반이 들이닥쳐 압수 수색하는 장면이 나오고 있었는데, 그 집에서 키우는 개가 제 시선을 강탈한 것입니다. 그 개는 사람들이 집에 들이닥칠 땐 얌전히 맞이하더니, 단속반이 장부를 들추며 주인을 추궁할 때도 가만히 앉아 있더군요. 그러더니 압수 수색을 하느라 집 안 물건들을 박스에 담아 가져가는 현장에선 아예 방바닥에 드러누워 자고 있었습니다. 아무리 봐도 시추였습니다. 저는 기가 막혀서 크게 웃었습니다.

"저, 저 시추 녀석!"

태수 역시 집에 드나드는 손님들을 얌전히 맞이하는 편입니다. 제 생각엔 아마 제가 압수 수색을 당하는 일이 일어나도 그 개와 비슷하게 있을 것 같아요. 그러나 언뜻 보기에 평온해 보이는 것이지, 자세히 관찰하면 제법 격정적인 심경 변화를 보이기도 합니다. 비록 1미터 이상 떨어져서 서 있지만, 코를 킁킁거리며 최대한 많은 정보를 수집하려 애쓰기도 하고, 손님과 저를 번갈아 보며 어떤 관계인지 파악하려고도 하죠. 그렇게 관찰하다가 위협적인 존재가 아니란 사실을 깨닫게 되면 제법 안심한 표정이 됩니다. 하이라이트는 그렇게 방문한 손님이 집을 나선 후입니다. 손님이 나가고 현관문이 닫혀서 비로소 가족만 남게 되면 그제야 이리저리 뛰어다니며 크게 짖습니다. 마치 이렇게 말하는 것 같습니다.

"방금 그거 누구였어? 불편해서 혼났어! 다시는 오지 말라고 해! 그건 그렇고 이렇게 불편한 상황을 견뎠으니 간식부터 내놔 보라고!"

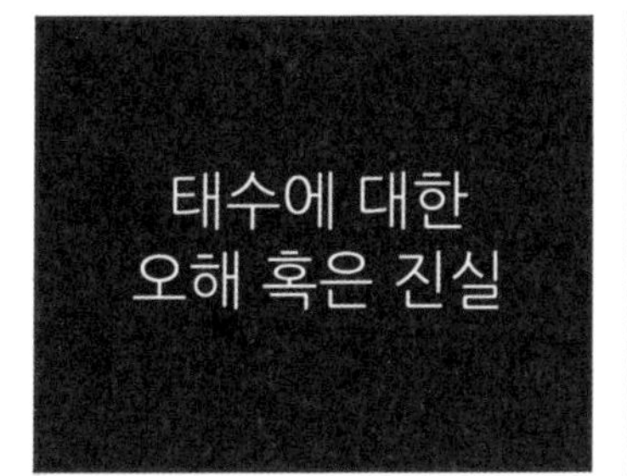
태수에 대한
오해 혹은 진실

안 돼~~
헥헥

가자
쟤는 네가 싫다잖아~~
후다닥

아닙니다!
천천히 접근하는 성격일 뿐 싫어하는 건 아니에요

강아지가 참 얌전하네요.
이런 애들은 집에서도 안 짖죠?

아뇨!
집에서는 의기양양해서 많이 짖습니다
택배 왔다, 밥 달라, 나가자, 놀자, 무엄하다…

어머나~~
임신했나 보다~~

뱃살입니다.
심지어 수컷이죠;;
살이 많이 쪄서 태수의 건강을 위해 체중 조절을 시작했습니다.

어이구~~
어르신이네!
척 보니까 나이가 많아~~

맞습니다.
만 13살 되어가고 있어요.

그런데 태수는 어쩐지 어릴 때부터 나이 들어 보인단 말을 꾸준히 들었어요.
2~3살 때도 어르신 같다고들 했죠
의젓
근엄

예전엔 오해였지만
시간이 흐르면서 자연스레 진실이 되어온 셈이죠
기분이 묘해요

멍멍이 엉덩이에 똥 묻었다

그래?
아냐~~
시추잖아
원래 있는 무늬야
ㅋㅋㅋㅋㅋ

원래 있는 무늬구나…
ㅋㅋㅋㅋㅋ 똥 아냐~~

…

똥 맞습니다.
가끔 묻어요…

태수가 어릴 적부터 꾸준히 들어온 질문이 있는데, "나이가 많죠?"입니다. 강아지 티를 벗은 2-3살부터는 산책할 때 마주친 사람들에게 수시로 그런 질문을 받곤 했답니다. 아마도 제가 털 미용을 어려 보이게 해주지 못하고, 또 걸음도 느릿느릿할 때가 많아서 그런 것 같아요. 옆에 있는 자기 일행에게 "척 봐도 어르신이네. 틀림없어."라고 장담하는 사람에게 무안함을 줄 수 없어 그냥 웃으며 지나친 적도 꽤 있습니다.

그러나 예전엔 오해였던 그 말이, 시간이 흐르면서 점점 진실이 되어가고 있습니다. 이젠 누가 "나이가 많죠?"라고 물어보면 그렇다고 대답하게 되었으니까요. 그럴 때면 참 묘한 기분이 들곤 합니다. 얼마 전에도 태수와 산책을 나갔다가 사람들이 대화하는 소리를 들었죠.

"나이가 많아."
"그래. 걷는 것 좀 봐."

그런 날이면 태수를 더 애틋하게 바라보게 됩니다. 집에 돌아와 고단하게 드러누운 태수를 하염없이 쓰다듬게 됩니다. 어느새 진짜로 나이가 많아진 우리 개. 하지만 제 눈에는 여전히 한 살 강아지 같은 우리 개. 나의 강아지를 말이죠.

가자! 미국까지!

어떤 날의 태수는 국토종단 주자의 기세로

끝없이 앞으로 나아갑니다.
미국까지 걸어갈 기세네!!

또 어떤 날의 태수는 연구원 모드가 되어

길을 5cm 단위로 나누어 정밀 탐색하죠.
10분째 이 자리네
킁킁
킁킁

오늘은 어떤 산책을 하게 되는지는 순전히 태수의 마음에 달렸습니다.
어디 보자~~~
오늘 산책은…

행진 당첨!

태수 오늘은
많이 걷는 날이구나

그런데
안타깝지만

오늘 누나가 할 일이 많아가지고
들어가서 일할 기운은
남겨야 하는데

이쯤에서 그만
집으로 돌아가는 게
어떨까??

헥헥

헥헥
헥헥

지구에서 가장 행복해 보임

...

에라, 모르겠다
가 보자
미국까지!!

그날 어떤 산책을 하느냐는 대체로 태수의 결정에 달렸습니다. 아무리 제가 멀찍이 다녀올 생각을 하고 배낭에 물통과 지갑까지 챙겨 나간대도, 태수가 무슨 일인지 10분 만에 후딱 들어오겠다고 하면 그냥 돌아오는 것입니다. 반대로 '오늘은 좀 일찍 끝내면 좋겠다.' 싶은 날인데 태수가 하염없이 걷겠다고 하는 날도 있죠. 이런 날이 훨씬 많습니다. 대체 그 작은 몸으로 그렇게 오래 걷는 게 피곤하지도 않은지, 지치지도 않고 계속 앞으로 나아가는 태수를 보면서 '이러다 미국까지 가겠네!'란 시답지 않은 생각을 하곤 합니다.

가장 곤란한 때는 해야 할 일들이 밀려 있어서 빨리 집에 가야 하는데 태수의 산책 의욕은 하늘을 찌를 때입니다. 이제 그만 돌아가자고 리드줄을 끌어도 태수의 고집은 쉽게 꺾이지 않죠. 최후의 수단으로 태수를 안고 강제 연행(?) 하는 날도 있지만, 별수 없이 져 줄 때가 더 많답니다. '그래, 가자, 가. 미국까지 한번 가보자.' 하는 것이죠.

다행이야

누나도
태수가
좋은데?!!

잘됐지~

진짜
잘됐지~

진짜
진짜
잘~됐~
지이~~~

서로 좋아해서

참 다행이야.

살면서 때때로 실감합니다. 서로에게 호감을 느끼는 사이라는 게 얼마나 귀한 것인지 말이죠. 친하게 지내면 좋겠다고 생각하는 사람은 저에게 딱히 관심이 없거나 어쩐지 점점 멀어지고, 별로 가까이하고 싶지 않은 사람은 자꾸 연락해서 만나자고 하는 경험을 다들 해보셨을 거예요.

그런 면에서 태수를 볼 때면 우리가 서로 좋아한다는 사실이 참 다행스럽게 느껴집니다. 그래서 태수를 쓰다듬으며 종종 이렇게 말하곤 합니다.

"태수야, 누나가 좋아? 누나도 태수가 좋은데? 잘됐지~ 정말 잘됐지~ 서로 좋아해서 참 다행이지~"

아무리 생각해도, 참 다행입니다.

도어 록

오늘 산책
끝~!!

뚫어져라

...

네가
해볼래?

웃챠

삑

삑

삑

열렸다!
삑

태수가 문을 열고 들어왔다!

태수가 문을 열었어!

산책하고 집에 돌아와서 제가 현관 도어 록의 버튼을 누를 때마다, 태수는 그 모습을 빤히 쳐다보곤 했습니다. 그럴 때마다 "누나가 뭐 하는 건지 궁금해? 이렇게 삑삑 누르는데 어떻게 문이 열리는 건지 신기하지?" 하며 으쓱거리곤 했죠.

어느 날, 역시 산책하고 돌아오는 길이었습니다. 그날도 도어 록 버튼을 누르려다가 태수를 보니 저를 올려다보고 있더라고요. 장난기가 발동해, 태수를 안아 올려 앞발로 버튼을 눌러보았습니다. 사람의 손가락보다 두툼해서 제대로 누르기 쉽지 않았지만, 용케도 비밀번호를 누르는 데 성공하고 짜잔, 문이 열렸죠.

"태수가 문을 열었다! 태수가 문을 열었어!"

호들갑을 떨며 칭찬하자 태수도 신이 나서 한참을 뛰어다녔습니다. 그 후로도 가끔 태수의 발로 문을 열어주고 있습니다. 다만 처음 그 순간만큼 즐거워하지는 않고, 이제는 약간 시큰둥한 기색이에요.

영역 표시

태수는 산책을 나갈 때마다

영역 표시를 합니다.
내 영역 찜!!

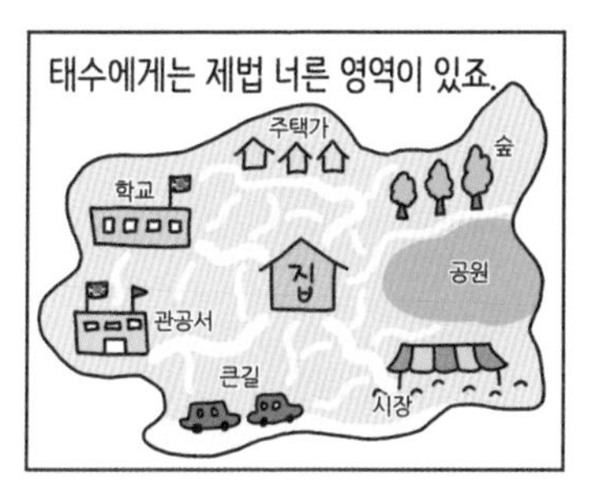
태수에게는 제법 너른 영역이 있죠.
주택가
숲
학교
집
공원
관공서
큰길
시장

그래서 같이 산책할 때마다
우리 태수 영역들이 잘~ 있는지 확인하자!

저도 덩달아 영주가 된 기분이 들어요.
태수 영역 진~~짜 넓다 그치?!!

1 구역 체크 완료!!

2구역 체크
완료!!

3구역 체크
완료!!

이제 4구역
전봇대 차례…

딸꾹

태수야
오늘은 저기는
생략하자

가끔 양보도 합니다.
저긴 오늘은 그냥
저 아저씨 영역으로
해주자;;
???

태수는 수컷이라 '영역 표시'란 것을 합니다. 주로 전봇대나 가로수처럼 지표가 될 만한 곳들에 오줌을 눠서 자기 흔적을 남기는 것이죠. 다른 개들이 남기고 간 흔적의 냄새를 맡으며 어떤 개가 다녀갔는지 파악하려 애쓰기도 하죠. 사람들이 쓰고 간 방명록을 들춰보며 누가 다녀갔는지 확인하는 것처럼요. 채 마르지 않은 다른 개의 오줌 냄새를 맡기 위해 코를 들이밀 때는 '으…….' 하는 생각이 들기도 하지만, 개에게는 그것이 매우 중요한 행위라고 해서 마음껏 하게 둡니다. 인간들이 서로의 오줌 냄새를 맡는 방식으로 안부를 확인하지 않아 다행이란 생각을 하면서요.

어느 날 저녁 산책길이었습니다. 평소에 태수가 꼬박꼬박 영역 표시를 하는 전봇대가 가까워졌죠. 그런데 술에 취한 것으로 보이는 아저씨가 전봇대 앞에 서서 소변을 보고 있었습니다. 당황한 나머지 재빨리 지나치려고 했지만, 태수는 아저씨가 있든 말든 신경 쓰지 않고 영역 표시를 하기 위해 그쪽으로 직진했죠. 잽싸게 태수를 안아 올려 다른 쪽으로 방향을 틀며 속삭였습니다.

"저기는 내일 표시하자. 오늘은 그냥 저 아저씨 영역하자……."

여행

밥도 잘 먹었어

너 없으니까 오히려 사료를 잘 먹어

더 맛있는 게 안 나올 거란 걸 아는 거지 ㅋㅋㅋㅋㅋ

그런데 계속 문만 봐

집에 몇 시쯤 오니?

지금 역 앞이라 금방 가요

개와 함께 살기 시작하면서
BUS

여행에서
태수는 도령님

가장 기다려지는 순간은
BUS

태수!

집으로 돌아가는 순간이 되었습니다.

오래전에 병원에 며칠 입원한 적이 있습니다. 태수가 처음으로 저와 며칠을 떨어져 지낸 때였는데, 문을 열고 들어가자 난리가 나더군요. 어딜 다녀왔냐며 달려들어 꼬리를 흔들고 반기는 순서가 끝나자, 그것으로는 도저히 기쁨을 주체할 수 없었는지 온 집 안을 뛰어다니기 시작했습니다. 뛰고 또 뛰고, 몇 분 동안이나 뛰다가 숨이 차서 쓰러진 태수를 보며 '이제 입원할 정도로 아프지도 말아야겠다.' 생각했던 기억이 납니다.

그러니 여행이나 출장을 다녀오느라 며칠간 집을 떠날 때마다 미안한 마음이 들고 맙니다. 가족에게 맡기고 가니 큰 걱정이야 하지 않지만, 개 입장에선 불안한 일일 테니까요. 식구의 말로는 현관 쪽만 하염없이 바라본다고 하더라고요.

그래서, 여행이 끝나고 집에 가는 길은 마음이 무척 급해집니다. 집이 가까워질수록 걸음은 더 빨라지죠. 제가 문을 열고 들어가면 태수가 얼마나 반색할지, 얼마나 기뻐서 펄쩍펄쩍 뛰어다닐지, 얼마나 크게 짖으며 '왜 이제 왔냐!'며 저를 혼낼 것인지 상상하는 것만으로도 가슴이 콩닥콩닥 뜁니다. 그렇게 태수와 살기 시작하면서, 여행 중 가장 기다려지는 순간은 집으로 돌아가는 순간이 되었습니다.

꿈

개의
악몽은
어떤
내용이니?

무서운 사람이 나타나 괴롭혔을까?

혼자 길을 잃거나
누나가 도망갔니?

…

나는 너한테
나쁜 일이
일어나도록
두지 않을 거야

약속할게

그러니 개야

혹시라도

나쁜 일이 일어나도 안심하거라.

그건 현실이 아니라

꿈일 테니까.

가끔 태수는 자다가 끙끙거립니다. 아마도 악몽을 꾸는 것 같습니다. 그럴 때면 정말 궁금합니다. 개가 꾸는 악몽이란 어떤 것일까요? 가족이 도망가는 꿈일까요? 좋아하는 간식을 빼앗기는 꿈일까요? 어딘가 몹시 아픈 꿈일까요? 길을 잃고 헤매는 꿈일까요? 아니면 산책을 하다가 무서운 사람에게 공격당하는 꿈일까요? 어떤 꿈을 꾸는 건지 궁금하지만 알 도리가 없습니다. 정확할 순 없겠지만 비교적 그럴싸하게 추측해 볼 수 있는 경우도 있긴 합니다. 평소에 저에게 몹시 불만스러울 때만 내는 소리를 낸 적이 있는데, 아마도 밖에 나가자고 했는데 거절했거나 간식을 더 주지 않는 꿈을 꾸고 있던 것 같아요.

어쨌든 이 작은 개가 악몽을 꾸고 있을 때 깨워 줄 수 있어서 다행입니다. 그리고 생각합니다. 나쁜 일은 꿈에서만 일어나게 해주겠다고요. 절대로 버리지 않고, 아프면 고쳐 주고, 누가 해치려 들면 막아 주겠다고요. 그러니 혹시라도 나쁜 일이 생긴대도 태수가 '아, 나에겐 나쁜 일이 일어날 리 없으니 지금 이 상황은 꿈이겠구나.' 하고 안심하기를 바라고 있습니다.

어떤 고민이든 물어보세요!

태수는 도사님 #4

개님, 제가 지금 잘 살고 있는 건지 도저히 모르겠습니다…….

꼬박꼬박 밥을 먹고 대소변을 보고 있느냐?

예.

훌륭해, 아주 훌륭하다.

괜찮아?

놀자!
태수가 제일
좋아하는 인형

잡아
봐라!

태수야!
누나가 좋아?

누나는 형편없는데!
그래도
좋아?

내가
어떻든
괜찮아?

내가
그냥 나여도

괜찮구나?

스스로가 한심하게 여겨질 때가 있습니다. 일도 제대로 해내지 못하고, 사람들 사이에 잘 섞이지도 못하고, 대체 이 나이 들도록 제대로 한 게 무엇이냐는 한탄이 나옵니다. 그런 날은 한없이 가라앉기 마련입니다.

그러나 그럴 때도 고개를 돌리면 태수가 저에게 '님이 최고'라는 눈빛을 마구 쏘고 있습니다. 바깥 세상에선 망한 사람일지 몰라도, 이 개 한 마리에게는 지상 최고의 사람인 것입니다. 그리고 그것은 충분히 의미 있고 멋진 일입니다.

그래서 가끔 이런저런 일로 기죽을 때면, 세상을 향해 이렇게 외치고 싶어집니다.

"우리 개가 나를 얼마나 좋아하는데! 우리 개한테는 내가 최고다! 내가 이런 사람이라고! 잘 알지도 못하면서!!"

힘들지?

이제 코도
골아??
드르렁~

태수야
뭘 했다고 이렇게
고단하게 자?

웃겨~
네가 일을 하니,
뭘 하니?
힘들 것도 없으면서.

...

귀엽구나!!

잘 자고, 내일도 귀엽자.

태수는 어릴 때도 잠이 많긴 했지만, 나이를 먹으면서 점점 더 많이 잡니다. 아주 고단한 기색으로 쿨쿨 자는 태수를 보면 가끔은 '뭘 했다고 이렇게 고단한가? 집을 지키냐, 일을 했냐, 아니 정말 뭘 했다고 이렇게까지 피곤해하나?'라는 생각이 듭니다.

그러던 어느 날, 그 이유를 알아버렸습니다. 온종일 귀여우느라 얼마나 고단하겠냐는 것이죠. 이리 봐도 귀엽고 저리 봐도 귀엽고, 아침에 봐도 귀엽고 저녁에 봐도 귀엽고, 밥 먹으면서도 귀엽고 똥을 누면서도 귀엽습니다. 그렇게 언제나 귀여우려면 상당한 에너지가 필요할 것입니다. 그렇게 저의 의문은 풀렸습니다.

사진

태수야
너는 꽃보다 똥에 관심이 많지?;;

관심사가 다른데도 우리는 친구네?

잠깐만~
너는 별로 안 좋아한다는 건 알지만

그래도
사진 한 장만 같이 찍어 주라

이 순간이 못 견디게 그리워질 때가 있을 것 같아서 그래.
찰칵

태수는 사진 찍는 것을 썩 좋아하지 않습니다. 사진을 찍기 위해 핸드폰을 들이미는 것이 달갑지 않은 모양입니다. 이리저리 고개를 돌려대곤 해서, 잘 나온 사진을 찍기가 어렵습니다. 그래서 꽃이 만발한 곳을 지날 때면 몹시 아쉽습니다. 꽃을 배경으로 사진을 찍어보려고 해도 자꾸만 고개를 돌려 영 어색한 사진이 나와서요. 심지어 표정에는 불쾌한 기색이 가득합니다. 그래서 저의 사진첩에는 꽃을 배경으로 못마땅해하는 태수의 사진이 제법 들어 있습니다.

그러나 태수가 별로 좋아하지 않는다는 걸 알면서도 저는 수시로 기회를 엿봅니다. 언젠가 그 순간들이 못 견디게 그리워질 때가 있을 거란 생각이 들어서요. 태수를 껴안고 만지고 쓰다듬고 싶은데 그럴 수 없게 되었을 때, 제가 할 수 있는 일은 태수의 사진과 동영상을 꺼내어 보는 정도일 것입니다. 그런 생각을 하다 보면 "태수야, 네가 안 좋아하는 건 아는데, 그래도 잠깐 한 장만 찍자." 달래며, 오늘도 못마땅한 표정의 태수 사진을 한 장 더 찍습니다.

튀김

방심한 사이에
튀김이랑 떡볶이를
같이 담으셨네.

빨리 가자!
조금이라도
덜 눅눅하게
먹어야지

…
킁킁

전봇대란
전봇대는
다 체크하네
여유
여유

화단도
다 체크하네
킁킁

태수…
오늘따라
여유롭구나
느긋
느긋
휴지

누나는
바삭한 튀김이
좋은데…

흑흑…

공원에도
가겠다고?!!

태수가 유난히 아주 천천히 산책하는 날이 있습니다. 그런 날 태수는 평소엔 거들떠보지도 않던 길가의 휴지까지 다 확인하려 듭니다. 가로수를 하나하나 체크하고, 길바닥에 있는 얼룩의 정체가 뭔지 파악하려 하죠.

평소엔 크게 상관없는 일이지만, 떡볶이 국물을 묻힌 튀김이 있는 날이라면 말이 달라집니다. 만화에 나온 날이 그런 날이었죠. 분식집 아주머니가 튀김과 떡볶이를 한 봉지에 담아 주신 것입니다. 바삭한 튀김을 떡볶이 국물에 찍어 먹는 것을 좋아하고, 특히 튀김만두의 딱딱한 꽁다리 씹기를 좋아하는 저는 몹시 다급했습니다.

'더 눅눅해지기 전에 잽싸게 귀가해야 한다!'

전투적인 마음으로 걸음을 재촉하려 했으나 그날은 태수가 천천히 오래 산책하고 싶은 날이었던 거죠. 태수에게 튀김이 눅눅해지면 안 되는 이유를 설명할 수 없으니 속수무책이었습니다. 그렇게 세상의 모든 것을 찬찬히 둘러본 후에야 태수는 집 쪽으로 걸음을 옮겼고, 저는 눅눅해진 튀김을 씹으며 '다음엔 꼭 따로 담아 달라고 해야지.' 다짐했답니다.

멀리

친구가

멀리 갔나
보다…

한동네에 오래 살았던 터라, 그 동네에 사는 다른 개들을 많이 알고 지냈답니다. 개와 함께 나온 사람들과 가벼운 안부를 나눌 정도로 가까워진 경우도 제법 있었죠. 인사까지 하는 사이는 아니어도 자주 마주치면서 낯익은 개들도 있었고요. 오랫동안 보이지 않으면 안부가 궁금하다가, 다시 마주치면 '잘 지내고 있었구나.' 하고 안심하게 됩니다.

태수가 점점 나이를 먹어가듯, 동네의 개들도 나이를 먹어갑니다. 어딘가 병이 나서 수술을 받기도 하고, 몸 여기저기에 혹이 생기거나 털이 세어 외모가 달라지기도 합니다. 그리고 어느 날 세상을 뜨기도 합니다. 그럴 때면 제 마음도 함께 아프죠. 식구의 마음이 어떨지 짐작할 수 있으니까요.

언제나 작은 개와 함께 다니던 동네 아저씨가 있었습니다. 정년을 지나 쉬고 계신 분인 것 같았는데, 골목이며 산책길을 개와 함께 다니곤 하셨죠. 그런데 한참이나 아저씨도 개도 보이지 않더니, 계절이 바뀐 어느 순간부터 아저씨 혼자 산책길을 나오기 시작하셨습니다. 차마 물어볼 수는 없었지만, 개가 무지개다리를 건넌 듯했어요. 제가 할 수 있는 일은 조용히 그 개와 아저씨를 위해 기도하는 것뿐이었습니다.

개처럼

태수!
후다닥
누나 왔다!

누나가
왔어요~~
왔어~~

아이고
힘들어
헥헥

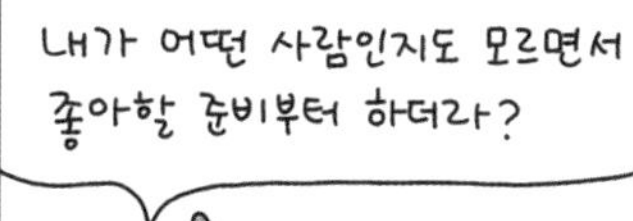

조금도 의심하지 않고…
어떻게 그럴 수 있어?

사람이 나쁘지?

나는
개처럼 사랑한 적도 없어

펫숍 앞을 지날 때면 그 안의 강아지들을 제대로 쳐다볼 수가 없어 재빨리 지나치곤 합니다. 작은 장에 기운 없이 누워 있는 모습을 보는 것도 괴롭지만, 잠시만 서서 들여다보아도 꼬리를 흔들며 반기는 강아지들이 있어 더욱 더 괴롭습니다. 제가 어떤 사람인지 알지도 못하면서 좋아할 준비부터 하는 것입니다. 그러다가 사라지면 얼마나 실망할까 싶어서 유리창을 잘 들여다보지 못하겠습니다.

개는 어째서 사람을 그렇게 좋아할까요? 아주 오래전부터 사람과 함께 살기 시작해, 유전적으로 사람을 좋아하는 기질이 전해지고 있다죠. 저는 그것이 몹시 슬픕니다. 사람들은 개가 자기들을 좋아하도록 그렇게 오랜 세월 길들여 놓고, 또 사람의 손길 없이는 살기 힘든 견종을 만들어 놓고는 함부로 대하거나 쉽게 버리기도 하니까요.

처음 만난 순간부터 한 치의 의심 없이 '이 사람이 내 가족이구나!' 믿고 전적으로 의지하는 동물이 개입니다. 저는 누군가를 개처럼 사랑해 본 적도 없습니다. 부디 이 착한 개들을 슬프게 하지 않기를, 함부로 대하지 않기를, 길들였으니 책임지기를, 개를 가족으로 둔 분들께 부탁합니다. 그리고 동물을 쉽게 사고팔 수 있어 필연적으로 유기 동물이 늘게 되는 현재의 구조가 개선되기를 바랍니다.

웃기네?

태수야. 너 정말 웃긴다.

그렇게 문앞에서 당당히 조른다고 바로 산책 갈 수 있을 것 같아??

가지만…

태수야. 너 정말 웃긴다.

그렇게 인형을 물고 으르렁거린다고 누나가 막 놀아줄 것 같아?

놀아 주지만…

태수야.
너 정말
웃긴다.

그렇게 끙얼거린다고
간식을 덥석 줄 거라고
믿는 거야??

주지만…

태수야
너 정말 웃긴다

오밤중에 물 마시고 달려와서
축축한 턱을 내밀어서 누나를 깨워도

그냥 예쁨 받을 거라 생각한 거야?

태수 너…

정말 웃기는 개네.

태수의 행동을 보고 있으면 "웃기네?"란 소리가 절로 나옵니다. 자기가 무슨 짓을 해도 어느 선 이상은 혼나지 않을 거란 사실을 아주 잘 알고 있죠. 당당하게 간식이나 놀이를 요구해도 괜찮다는 사실도 알고요. 때로는 뻔뻔하게까지 느껴지는 태수를 보면 기가 막혀서 헛웃음이 나오지만, 사실은 그래서 다행이라고 생각하고 있습니다. 제가 자신에게 해를 끼치지 않을 존재라고 생각하고 있다니 좋은 일입니다. 지금처럼 마음껏 위풍당당하게 이것저것 요구하며 떼도 쓰고 항의도 하고 으름장도 놓으면 좋겠습니다. 집에서만큼은 자기가 안전하다는 사실을 잊지 않고, 기죽거나 눈치 보지 않고 살아가면 좋겠습니다.

눈치작전

···
~조용~

첩··· 첩···

참···
빨래 널어야지
첩··· 첩···

들썩
뚝.

첩··· 첩···

부스럭

야이!
뚝.

식사 시간이 되면 태수와의 치열한 눈치작전이 시작됩니다. 차려준 밥이 마음에 들지 않으면 태수는 바로 입을 대지 않습니다. 그릇에서 멀찌감치 떨어져 앉아 저의 움직임을 관찰하죠.

한번 밥을 줬다면 저는 절대로 여기저기 돌아다니면 안 됩니다. 의자에 앉아 조용히 핸드폰을 보거나 허공을 주시해야 하죠. 태수를 쳐다보고 있어서도 안 됩니다. 바로 '다른 걸 내놓아라!'라는 항의가 들어오니까, 최대한 먼 곳을 보며 고개도 돌리지 않습니다.

'더는 다른 게 나오지 않을 것 같다.'는 판단이 들면 태수는 그제야 사료를 깨작깨작 먹기 시작합니다. 그렇다고 안심은 금물입니다. 이미 먹기 시작했다고 안심해서 일어나 냉장고라도 열면? 다른 게 나오는 줄 알고 딱 입을 거두거든요. 의자를 삐걱거린다거나 일어서는 기색을 보이기만 해도 먹는 것을 중단하기에, 태수가 밥을 다 먹을 때까지는 딱히 할 일이 없어도 할 일이 있는 척 열심히 딴청을 부리고 있어야 합니다. 그야말로 대단한 눈치작전입니다. 이 짓을 매일 반복하고 있습니다. 그리고 자주 집니다.

어떤 고민이든 물어보세요!

태수는 도사님 #5

개님. 완연한 봄입니다. 그런데 해야 할 일이 잔뜩 밀려 있으니
늘 빚진 기분입니다. 가슴 한쪽이 답답하네요. 저는 어떻게 해야 하나요?

그런 건 좀 알아서 해결할 수 없느냐?
정 답답하면 들어가서 개껌을 씹거라. 긴장이 풀린다고.

……하지만 개님, 개껌을 씹는다고 고민이 사라지는 건 아니지 않습니까?

참 나. 그냥 고민하는 사람이 될래, 개껌이라도 씹으면서
고민하는 사람이 될래? 둘 중 하나를 고르란 말이다.
나 같으면 개껌이라도 씹겠다 이거야.

기다리라니

으악!!

시추다, 시추!!

우리집에도 시추 있어요!
그래?
킁킁

네, 얼마 전에 데려왔어요
얘랑 똑같이 생겼어요

후우…
?

너무 귀여운데, 원래 키우던 개가 걔를 싫어해요
저런

너무 괴롭혀서
어쩔 수 없이
일단 시추를
펜스 안에 뒀어요
예?

귀여워!!
그래서 제가
그 안에 들어가서
숙제도 하고
잠도 자느라 힘들어요

저, 제가 잠깐
어딜 다녀와야
해서요
??

좀 이따
봐요!
???

기다리세요!!

태수야
다짜고짜
여기에 서서
기다리라니
어이가 없지?
하앍~~

그런데

어쩐지
기다리고
싶지?

개를 유난히 좋아하는 꼬마들을 만날 때가 있습니다. 쉴 새 없이 개에 대해 이것저것 물어보고, 묻지도 않았는데 자기에 관한 이야기를 술술 합니다. 한 번은 아랫동네 공원에서 한 꼬마를 만났는데, 저와 태수를 따라오며 계속 쫑알쫑알 떠들더라고요. 집에 도착할 때까지 함께 걸어오길래 '본 적은 없어도 근처에 사는 애인가 보구나.' 했는데, 맙소사, 알고 보니 전혀 다른 방향에 사는 꼬마였습니다. 개와 함께 걷는 것이 좋아서 무작정 따라온 것이었죠. 졸지에 유괴범이 된 것 같아 식은땀을 흘리며 그 꼬마를 집까지 데려다주었습니다. 그리고 앞으로는 누구도 이렇게 따라가면 안 된다고 신신당부했죠.

"절대로 따라가면 안 돼. 알았지?"
"네."

"그래, 꼭이야. 약속해. 아무도 따라가면 안 돼. 세상엔 나쁜 사람들이 많아."
"네. 그런데요, 할머니나 할아버지는 괜찮죠?"
"안 돼!!!"

지금도 그 꼬마를 떠올리면 심장이 덜컹합니다.

만화에 나온 꼬마도 개를 좋아하는 아이였습니다. 집에서 시추를 키운다며 몹시 반가워했죠. 원래 있던 개가 새로 온 시추를 괴롭혀서 펜스 안에 두고, 그래서 어쩔 수 없이 자기가 펜스 안에 들어가서 숙제도 하고 함께 잠도 자야 한다면서 한숨을 쉬던 귀여운 꼬마였습니다. 이 꼬마도, 저를 마냥 따라왔던 꼬마도, 지금은 많이 자라서 어쩌면 이 책을 보고 있을지도 모르겠네요. 그렇다면 반갑습니다.

누나가 이상해

태수는 누나의 변화에 대체로 덤덤하죠.

그런 태수가 엄청나게 신난 적이 있어요.
짜잔~

이번엔 진짜 이상하지?
헥헥

누나 완전 이상하지!!
동물 잠옷
헥헥

누나 꼬리도 생겼다!!
헥헥

크하하
꼬리를 좋아하는구나!

누나가 이상해!

너무
이상해!

누나가
이상해!
어머니
...

* 적당한 끈 등으로
응용할 수 있습니다.
슥

살랑~

친구가 어느 날 파마를 하고 귀가하니까 함께 살던 고양이가 심하게 경계하더란 이야기를 들려주었습니다. 태수는 제가 파마를 하든 염색을 하든 이상한 옷을 입든 딱히 신경 쓰는 것 같진 않습니다.

그러나 언젠가 재미로 샀던 '둘리' 옷에는 엄청난 반응을 보였죠. 아마도 커다란 꼬리가 달려서 그랬던 것 같습니다. 옷을 입고 거실로 나선 순간 눈을 휘둥그레 뜨고 벌떡 일어나더니, 제가 움직일 때마다 꼬리를 물기 위해 달려들었죠. 몹시 즐거워했기 때문에, 그 후로도 태수가 의기소침한 듯 보이는 날은 그 옷을 입고 꼬리를 휘두르며 다녔답니다. 너무 큰 부피를 차지하는 옷이어서, 보관하기 힘들다는 이유로 언젠가 집안 대청소를 하며 그 옷을 버린 것이 두고두고 후회됩니다.

둘리 옷은 이제 없지만, 아직도 종종 긴 끈 같은 것을 바지춤에 넣고 꼬리처럼 살랑살랑 흔들며 태수 옆을 지나가곤 합니다. 그러면 반드시 태수가 벌떡 일어나 달려옵니다. 그리고 꼬리 끝자락을 물고 이 방 저 방을 순회하는 놀이를 하죠. 개와 사는 분이 있다면 꼭 한번 해 보세요. 사람 가족에게도 꼬리가 생겨 즐거워하는 개를 보실 수 있을 것입니다.

태수 덕분이지?

동네에서 태수의 서열은

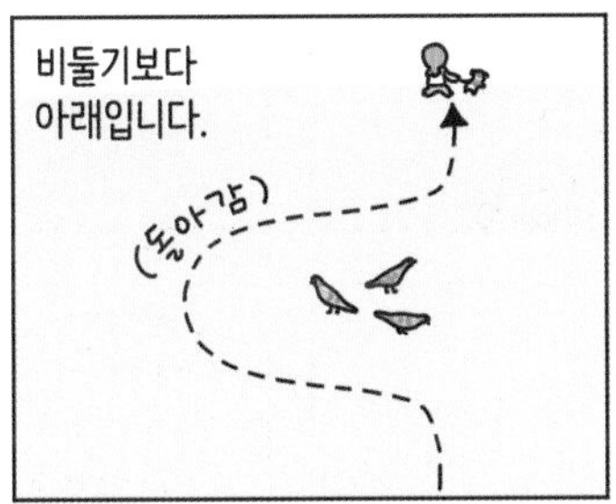

비둘기보다
아래입니다.
(돌아감)

이렇게 겁이 많지만
오늘은 여기에 응가 하네
부스럭

누나가 똥을 치우는 동안엔
잠시만~

매의 눈으로 보초를 서죠.

제법 진지합니다.

어이구, 네가 누나를 지켰어?
대단한데?

어쩐지 곰이 얼씬도 안 하더라
태수 덕이었네?

호랑이도 그래서 안 나왔나 보다
태수가 딱 버티고 있어서~

여기가 서울 한복판 공원이긴 하지만
ㅋㅋㅋㅋㅋ
태수 덕이 맞을 거야

푸드덕
움찔

산책을 하다가 다른 개와 마주쳤을 때 태수가 짖은 적은 한 번도 없답니다. 상대편 개가 아무리 크게 짖으면서 도발해도 태수는 쓱 지나칠 뿐입니다. 길고양이들을 보고도 마찬가지고요. 심지어 비둘기를 보아도 달려가서 쫓기는커녕 그쪽을 스-윽 쳐다보고 빙 돌아갑니다. 언젠가는 동네의 어느 집에서 마당에 닭을 풀어놓았는데, 살아 있는 닭을 본 것이 처음이라 궁금해하면서도 그쪽으론 다가갈 엄두도 못 내고 멀찍이서 뚫어져라 쳐다보기만 하더라고요. 아무리 보아도 겁이 많고, 동네 서열로는 끝에서 5-6위를 다툽니다. 1-2위가 아닌 것은 그동안 이런 태수조차 피해가던 개들을 몇 마리는 보았기 때문입니다.

그런 태수가, 자기가 눈 똥을 제가 치우는 동안 성실히 주위를 둘러보며 보초 서기도 합니다. 그럴 때면 헛웃음이 나오면서도 기특합니다. "어이구, 네가 누나를 지켰어? 잘했어." 하고 칭찬해 주죠. 집에서도 마찬가지입니다. 밖에서 수상한 소리(주로 택배가 오는 소리입니다)가 들리면 태수가 맹렬히 짖거든요. 그럴 때도 "아이고, 네가 집을 지켰어? 잘했어." 해 줍니다. 그리고 너 때문에 누나가 호랑이도 안 만나고, 집에 도둑도 안 드는 모양이라고 추어올리죠.

자기보다 한참 작은 강아지가 짖으며 달려든다고 그 자리를 후다닥 피하곤 하니, 제 입장에선 속상할 때도 있습니다. 그런 일이 있던 날이면 식구에게 이야기하는데, 다 같이 "아이고, 겁쟁이야 겁쟁이." 하고 웃죠. 그러나 식구 한 명이 겁쟁이라고 지나치게 놀리기 시작하면 다른 누군가는 이렇게 변호하는 것으로 대부분의 대화가 끝납니다.

"아니지? 우리 태수가 평화주의견이라 봐준 거지? 겁쟁이라 그런 거 아니지~?"

진짜 사랑이야

물이라도
마실까

쥐포…!
쥐포가 있었지

…

태수야
너는 모르겠지만

한밤중에
쥐포를 참는 건
진짜 사랑이야

쥐포를
참은 거라고

가끔 태수는 배앓이를 합니다. 병원에선 그럴 때 굳이 밥을 억지로 먹이지 말고 한두 끼 정도는 굶는 것을 권하는데, 용케도 속이 불편하면 태수는 자기가 알아서 굶기도 합니다. 간식을 그렇게 좋아하는 태수가 알아서 끼니를 거르고 있을 때면 대단하다 싶습니다. 저는 배탈이 나도 굶는 것은 도저히 못하겠어서 기어이 무언가를 챙겨 먹는 사람이기 때문입니다.

아무튼 그런 날이면 저도 뭔가를 먹는 것에 조심스러워집니다. 태수는 쫄쫄 굶고 있는데 저 혼자 좋은 냄새를 풍기며 식사하기가 미안하니까요. 최대한 빨리 냄새 없이 끼니를 때우기 위해 물에 밥을 말아 후딱 넘기기도 합니다.

개와 함께 살지 않는 분들은 이런 글을 보면서 '참 유난이다'라고 생각하실 수도 있겠습니다. 하지만 그렇게 되더라고요. 굶는 개를 위해서 저도 꾹 참고 있다 보면 '내가 이 개를 정말 좋아하는구나.'라는 생각이 듭니다. 아무래도 이건 진짜 사랑인 것 같습니다. 어쩐지 제가 이런 소리를 늘어놓고 있는 것을 태수가 안다면 '고작 그런 일 가지고 생색이라니…….' 할 것도 같지만요.

개는 몰라요

개로 살아온 지 열세 해가 되어갑니다.

내가 조르지 않아도
매일 저절로 날이 밝아요.

세상은 재미난 곳입니다.

하늘을 나는 놀라운 애들도 있고

아주 작고 작은 애들도 있어요.

향긋한 냄새가 나는 것들도 있고

흥미로운 냄새가 나는 것들도 있죠.

이맘때면 덥기도 하지만

바람이 불면 시원해져요.

바람은 먼 곳의 냄새도 데리고 오죠.

킁 킁

……때로 궁금해요.

왜 더 많이 밖에 나오지 않아요?

세상이 늘 이렇게 있고

꼬박꼬박 매일이 주어지는데

왜 이것들을 더 많이 누리지 않죠?

나는 몰라요.

사람의 일상을 개가 얼마나 이해하고 있을까 궁금해지곤 합니다. 개의 입장에서 보면 영문도 모르는 일들의 연속은 아닐까요? 영문도 모르고 목욕을 당하고, 영문도 모르고 털을 깎이고, 영문도 모르고 주사를 맞고, 영문도 모르고 마음대로 밖에 못 나가고, 영문도 모르고 먹고 싶은 것을 다 못 먹는 것이 아닐까요? 저는 종종 "태수야 미안. 너는 목욕을 해야 하는 이유를 모르지? 왜 해야 하는지도 모르는데 누나가 괴롭히는 것 같지?"라거나, "태수야 미안. 너는 왜 털을 깎아야 하는지 모르지? 누나가 괜히 못살게 구는 것 같지?" 하고, "태수야 미안. 너는 지금 왜 밖에 못 나가는지 모르지? 그냥 나가서 뛰어다니면 되는데 굳이 안 나가는 이유를 모르지?"라고도 말하곤 하지만, 말뜻을 이해할 리 없으니 계속 미안할 뿐입니다.

특히 병원에 데리고 가야 할 때 그런 마음이 큽니다. 모르는 사람이 강제로

눈이며 귀를 들여다보고 주사를 놓거나 하는 상황이 영 이해되지 않겠죠. 몇 년 전 태수가 수술을 받았을 때도 그랬습니다. 태수의 입장에서는 영문도 모르는 자기를 데려가 아프게 만든 것일 텐데, 그런 상황을 만든 저에게 조금도 화내지 않더라고요. 어떻게 그런 것이 가능한지 모르겠습니다. 개는 정말 어이없는 존재입니다.

때로는 짐짓 '그런 게 견생이다. 사람이라고 아닌 줄 아니? 인생도 마찬가지야. 영문도 모르고 이런저런 일을 해야 한다고. 다 그렇게 산다!'면서 별수 없다는 입장 표명을 해보기도 하지만, 안쓰러운 것은 어쩔 수 없습니다. 사람과 개의 입장이 적절히 타협되는 지점을 찾는 것은 언제나 어려운 일입니다.

안아 줘

태수야
이 정도 계단은
안 힘들 것 같은데?

. . .

우뚝

왜???
우뚝

그만 걷겠다고?

개가 아픈가?
아니여. 걷다 힘들면 저렇게 안아달란대.

태수는 걷다가 힘들 때 멈춰 서서 가만있으면 제가 안아 준다는 것을 알고 있습니다. 처음엔 한없이 멀리 다니다가 집에 돌아올 때 지치면 그러더니, 이제 꽤 꾀를 부려 높은 계단이나 급경사처럼 힘든 코스가 나오면 걸음을 멈춥니다. 나이가 있는 만큼 관절이 아파 그러는 건 아닐까 해서 검사를 받았는데, 다행히 아직 관절은 튼튼하더군요.

그러다 보니 태수와 제가 좋아하는 산책 코스가 조금 다릅니다. 얼마 전 이사 온 동네에서 태수가 좋아하는 코스 중 하나는 가파른 계단을 거쳐야 하는 길인데, 계단 앞에 서서 가만있기만 하면 제가 안고 올라가 준다는 사실을 아니까 싫어할 이유가 없습니다. 산길이어서 경치도 좋고 그 계단만 지나면 너른 공터가 나오기도 하니, 팔에 안겨 있는 입장에서는 썩 훌륭한 길일 것입니다.

그러나 태수를 안고 계단을 올라가야 하는 저는 그 길이 달갑지 않습니다. 애초에 그런 길이 있다는 걸 알려 주지 말았어야 했는데, 괜히 궁금해서 한번 가봤다가 낭패를 봤죠. 그러나 그 길을 좋아하는 태수에게 번번이 지고 맙니다. 하도 힘들어서, 저번엔 태수를 안고 오르면서 이놈의 계단이 대체 몇 개인가 세어보았습니다. 182 계단이더군요. 환장할 노릇입니다.

어떤 고민이든 물어보세요!

태수는 도사님 #6

개님, 요즘 고민이 많습니다.
저는 어느 쪽으로 가야 합니까?
어느 쪽으로 가든 제가 책임져야 한다는데요.

언제는 고민하면서 살았던 것처럼
말하는구나…….

언제까지 이야기할까?

내가 평소에 아침 7시 반에 일어나거든.
매일 똑같지
어머니

그런데 오늘은 평소보다 20분쯤 더 자고 있었는데
07:50

태수가 방문 앞에서 짖는 거야. 그래서 깼지 뭐야.
07:50
웡!

엄마가 제시간에 일어나지 않으니까 이상했나 보다.
그러게 말야!

이야!
태수 대단한데?
기특해~~

-다음 날-
태수가 어제 엄마를 깨웠지?
대단해~

-다다음 날-
정말 신기하지~
그러게~
어떻게 그렇게 딱 알고~

-다다다음 날-
엄마를 그렇게 깨우더라니까
신통방통해~~

-다다다다음 날-
우리 태수가 똑똑하지~
똑똑해~~

-다다다다다음 날-
엄마를 깨운 태수~
식구들이
이 얘기를
언제까지 할까요?

대충 짐작할 순 있습니다.
3년째
태수, 장염 걸려서 밤새 설사하면서도 아무 데나 안 눴지~
대단해~

저 아래 할머니네 강아지가 좋다고 보름을 따라다녔잖아
4년째
웃겼지~~

태수가 막 심하게 짖어서 나왔더니 엄청 큰 벌레가 ~~
8년째
그랬지~

사골국 식힌다고
베란다에 내놨더니
그걸 먹겠다고 떼를 쓰고
아주
12년째
웃겼어~

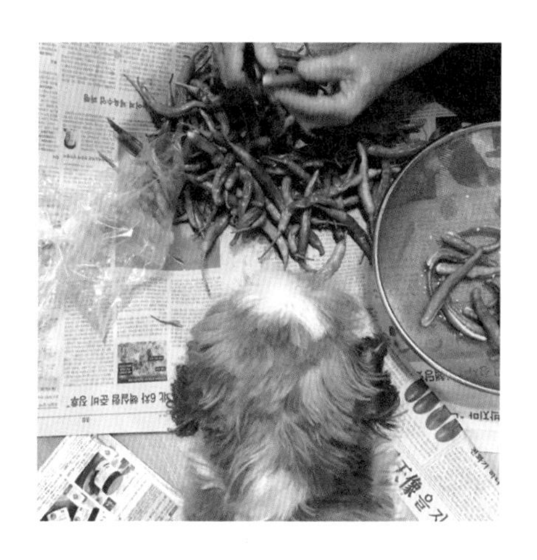

태수에 관해 이야기하는 것은 저희 식구의 큰 기쁨입니다. 어떤 일이 생기면 두고두고 이야기하죠. 사건의 발단과 과정, 결말을 서로 다 아는데도 이미 한 얘기를 하고 또 합니다. 사골국 우리기는 저리 가라죠. 고깃국이 담긴 들통을 놓은 다용도실에 들어가겠다고 하다가 문지방을 넘지 못하고 낑낑거린 일, 휴지통에 들어가려고 하다가 실패하고 대롱대롱 매달렸던 일, 김장하는 엄마 주위를 서성이다가 몰래 배춧잎을 주워 먹고 토해서 발각된 일 같은 건 모두 태수가 어릴 때 일어난 일인데도 여전히 식구가 이야기하는 단골 레퍼토리입니다. 아무리 반복해서 말해도 질리지 않고, 늘 처음 이야기하는 것처럼 새롭습니다. 그리고 짐작하게 됩니다. 언젠가 태수가 무지개다리를 건넌 후에도, 우리 가족은 계속 태수 이야기를 할 거라고요. 시간이 아무리 지나도 마찬가지겠죠. 우리가 사랑하는 존재들이 남기는 것은 그토록 많은 이야기일 것입니다.

장마

<얼마 후>
어?
비 그쳤네?
산책 가도
될 것 같은데?

헥 헥
찰떡처럼
알아듣고 달려왔네

출동!

엥?
뚝

아니 무슨 비가
이렇게 금방
다시 와!

여긴 나무 덕분에 비를 좀 덜 맞네…

쏴아 ―

이게 무슨 고생이야…

그런데

좀 좋기도 하다.

태수와 함께 다니면서 비를 참 많이 맞았습니다. 산책하러 나갔는데 예보에 없던 비가 갑자기 내리는 때가 꽤 있거든요. 비를 피할 만한 곳이 있으면 그곳에서 소나기가 지나가길 기다리기도 하지만, 그럴 수도 없을 때는 쏟아지는 비를 맞으며 집까지 뛰기도 합니다. 그럴 때의 태수는 제법 씩씩해 보입니다. 집에 돌아오면 둘 다 목욕을 하고 말리는 부산스러운 과정이 기다리고 있지만, 어쩐지 즐겁기만 합니다.

언젠가 태수와 동네 산책길을 걷다가, 역시나 갑자기 쏟아지는 비를 만났습니다. 세찬 소나기였죠. 마침 바로 근처에 비를 피할 곳이 있었습니다. 종종 작은 공연이 열리곤 하는, 주민들을 위한 아담한 야외무대였습니다. 다행히 그곳에 지붕이 있었기에 태수와 뛰어 들어가 비가 그치길 기다렸죠.

무더운 여름이었습니다. 바람이 거세게 불어 지붕이 있는 것이 쓸모없을 정도로 비에 젖고 말았지만 기분이 나쁘지 않았습니다. 태수와 저는 무대 바닥에 앉아 멍하니 쏟아지는 폭우를 보고 있었죠. 그날, 잊지 못할 여름 추억이 하나 생겼습니다.

혼자 나왔어

순둥이 언니!

안녕하세요
산책 나왔어?

순둥이
잘 지냈어?

어쩜 이렇게 순할까
기특하지~
순둥이여

어디까지 다녀와?
저 아래요
덥겠네

순둥아~ 더운데 고만 쏘다니고 들어가야지
얼른 들어가

태수를 순둥이라 부르는 동네 할머니가 계십니다.
조심히 가~~

늘 태수를 챙기시죠.
순둥아~

순둥이는?!!
집에 있어요

아픈 건 아니고?
네네. 제가 어딜 가야 해서요

오늘은 순둥이도 나왔네
네~

순둥이 나왔네~
순해~

순둥이 언니!!

혼자 나왔어?

아뇨~
둘이 나왔구나!

잘했어~
오래오래 뵈어요.

예전에 살던 동네엔 친하게 지내는 할머니가 계셨습니다. '포코'라는 이름의 몰티즈를 키우는 할머니였는데, 태수를 무척 예뻐하셨죠. 할머니는 태수를 '순둥이'라고 부르셨습니다. 태수를 보면 "잠깐 인사하고 가!" 하며 저희를 불러 세우고 이렇게 말씀하셨죠.

"아유 순해. 참말로 순해. 애가 어쩜 이렇게 순하다? 참말로 순해잉. 순둥이여, 순둥이."

할머니가 아는 다른 주민들이 지나가면 그분들을 불러서 "애가 순해. 참말 순해. 이것 좀 봐요. 이렇게 만져도 가만있는 것 좀 봐. 순둥이여, 순둥이"라고 말씀하신 바람에, 그런 날이면 저는 태수에게 "너 순둥이인 거 소문 다 났다. 큰일 났다. 집은 어떻게 지킬래?" 하고 말하곤 했죠.

할머니는 제가 혼자 밖을 돌아다니는 모습을 보아도 "순둥이 언니!" 하고 불러 세우셨습니다. 그리고 "순둥이는? 순둥이는 집에 있어? 어디 아픈 건 아니지?" 하며 확인하셨죠. 그냥 볼일을 보기 위해 혼자 나온 거라고 말씀드리면 안심하시며 "그래. 이따 순둥이랑 같이 나와" 하셨답니다. 고백하자면 약속 시간이 빠듯해 후다닥 달려가다가 할머니와 마주치고는 또 불러 세우실 것이 뻔해 못 본 척 고개를 돌리고 잽싸게 뛴 적도 있습니다. 등 뒤에서 들려오는 "저거 순둥이 언니 아냐? 순둥이 언니 같은데? 순둥이 언니!"라는 말을 외면하지 못하고 멈춰 서야 하긴 했지만요.

지금은 다른 동네로 이사를 와서 전처럼 할머니를 자주 볼 수 없습니다. 저희 어머니가 그 동네에 살고 계셔서 집에 갈 때 마주치는 정도죠. 가끔은 그 할머니 생각이 나곤 합니다. 언제 가도 마주쳐서 반갑게 인사할 수 있도록, 할머니가 건강히 오래오래 사셨으면 좋겠습니다. 할머니가 기르시는 포코도 마찬가지고요.

조금만 게으르게

태수가 어렸을 때

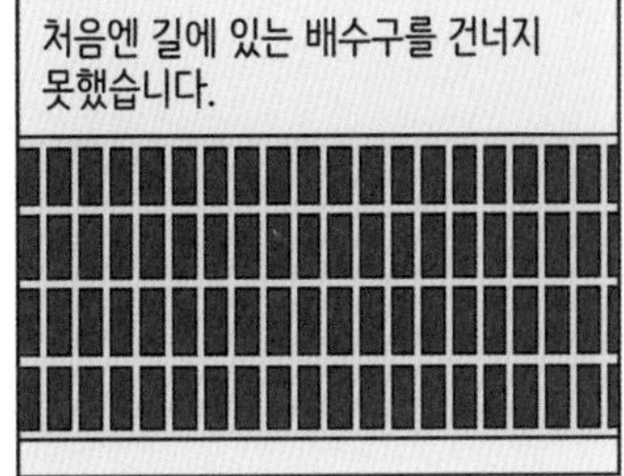
처음엔 길에 있는 배수구를 건너지
못했습니다.

몇 달이 지나자 용감하게 뛰어서
건너기 시작했죠.

그리고 지금.
흠...

바쁜 일도
없으니
돌아가면 되지.

태수야
누나가 며칠 전에는…

혼자 걸어가고 있었는데

배수구가 나오니까
나도 모르게 돌아 간 거 있지?

ㅋㅋㅋ ㅋㅋ
ㅋㅋㅋ ㅋㅋㅋㅋ
얼마나 웃겼나 몰라.

나는 착실하게
너랑 사는 것에
익숙해지고 있는데

너는 착실하게
나이 들어가는구나.

조금만 천천히
나이 먹자

개의 노화를 지켜보는 것은 슬픈 일입니다. 언젠가 겪게 될 거란 사실을 이미 알고 있었는데도 슬프기는 마찬가지입니다. 예전엔 그저 막연히 '태수도 언젠간 늙겠지.' 했다면, 이제는 구체적으로 겪으며 실감하고 있으니까요. 길에서 배수구와 마주쳤을 때 하는 행동도 그중 하나입니다. 전에는 아무렇지 않게 폴짝폴짝 잘도 뛰어넘더니, 이제는 굳이 뛰어넘으려 하지 않고 빙 돌아서 걸어가는 것이죠. 그래서 저도 혼자 걷다가 배수구를 만나도 무심코 돌아가는 지경까지 되었습니다.

태수가 집에 온 후로 저도 나이를 먹은 것은 마찬가지지만, 개의 노화 속도에 비하면 천천히 늙은 편이죠. 저와 비교할 수 없을 정도로 빠르게 나이 들고 있는 태수를 보고 있으면 참 많은 생각이 머리를 스칩니다. 뭐가 그렇게 급해서 빨리빨리 나이를 먹는지요. 태수가 부지런히 나이 들지 말고, 천천히, 아주 게으르게 나이 들어 주면 좋겠습니다.

관심을 끌고 싶어

딱히 이유 없이 괜히 한번
태수야!

태수를 부르고 싶을 때가 있습니다.
이리 와 봐!

* 체크 리스트
· 간식을 줄 것 같은가? →아니오
· 산책을 나갈 것 같은가? →아니오
· 뭐 다른 좋은 일이 있어 보이나? →아니오

쉽게 와 주지 않죠.
...
...

태수야!
누나 저기로 혼자 간다! 저기로 간다!

이거 봐라~
누나 가네~

· 별거 없는데 괜히 저러는 것
같은가? → 예.

...

이도저도 안 될 땐

수상한 척을 해봅니다.
살금
살금

우
뚝.

살금
살금

…늘 성공하는 것은 아니지만요.

이름만 불러도 잽싸게 달려오던 어린 시절을 지나, 태수는 이제 자기를 부른다고 척척 와 주지 않습니다. 딱 보아서 자기가 움직여야 할 마땅한 이유가 있어야 와 주죠. 간식이나 놀거리, 산책 등 특별한 이유가 없어 보이는데 그냥 이름만 불러서는 어림도 없습니다. 때로는 제가 같이 놀자고 신나게 불러 보아도 자기가 귀찮을 땐 쳐다만 봅니다.

개의 관심을 끌기 위해 춤도 춰 보고 이상한 몸동작을 해 보고 괴상한 소리를 내 본 사람이 저만은 아닐 것입니다. 해도 해도 안 되면 만화에 그린 것처럼 수상해 보이는 행동을 합니다. 태수의 눈치를 보는 척 곁눈질을 하며 살금살금 걸음을 옮기죠. 태수 몰래 혼자 뭔가 하러 가는 척하는 것입니다. 그러고 있으면 아주 높은 확률로 태수가 "웡!" 짖으며 달려옵니다. 자기를 빼고 어딜 가는 거냐고 꾸짖는 것이죠. 그렇게 해서라도 개의 관심을 끌고 싶어지는 이유가 뭐냐고 묻는다면 할 말이 없습니다. 그저 개의 관심을 받고 싶을 때가 있습니다, 흑흑…….

말하고 있었네

태수야
시원해?
주물
주물

네가 말을 할 수 있으면 좋았을 텐데.
쭈욱

개의 구강구조가 사람이랑 비슷했다면 너희도 척척 말했을까??

참 아쉬워…
끄응…

멈추지 말고 계속 주물러 달라고?

흠

그 인형으로
놀아달라고?
으르르~

소파 밑에 또 간식
굴러 들어갔구나?
웡!
웡!

나가고
싶구만!!
왕 왕!!

오늘은 저쪽 길은
가기 싫구나?
공원 가자고?

힘들다고?
안아 달라고?

그랬군.
계속 하라고?
째릿

언젠가 TV에서 말하는 코끼리를 보았습니다. 우리나라에 사는 '코식이'란 이름의 코끼리였는데, 사육사가 하는 "좋아", "안 돼", "누워" 같은 단어를 따라 말하더라고요. 코끼리의 지능은 매우 높다고 알려져 있으니 사람 말을 따라 한다고 해도 이상할 게 없을 것 같지만, 다른 코끼리들은 할 수 없으니 코식이가 특별한 존재겠지요.

가끔 태수가 저를 보며 열심히 웅얼웅얼할 때면, 사람의 말을 따라 해 보려고 애쓰는 것은 아닐까 생각하게 됩니다. "멍!", "왕!" 정도가 아니라 "아우아우르, 으아아오아우르!" 하는 소리를 낼 때죠. 주로 개껌을 달라고 할 때 그런 식의 소리를 냅니다. 혹시 "개껌!"이라고 발음하고 싶은데 개의 구강 구조로는 도저히 낼 수 없어서 비슷하지도 않은 "아우아우르!" 소리를 내는 건 아닐까? 혼자 상상하곤 합니다.

그러나 사람과 똑같은 발음으로 말하지 않을 뿐, 개들은 끊임없이 사람에게 말을 건네고 있는 것 같습니다. 저도 태수의 행동을 보면 무엇을 원하는지 알아채곤 하니까요. 저와 놀고 싶은지, 나가고 싶은지, 똥이 마려운지, 출출한지, 자기를 쓰다듬길 바라는지, 소파 밑에 들어간 간식을 꺼내 달라고 하는지 정도는 쉽게 눈치챌 수 있습니다. 언어가 서로 달라도 우리는 끊임없이 대화를 주고받고 있는 셈이죠. 종종 이렇게 다른 종의 생물과 교감할 수 있다는 사실 자체가 경이롭게 느껴지기도 합니다.

그럼에도 못내 아쉬운 순간이 있다면, 역시 개가 아플 때입니다. 어디가 어떻게 아프다고 개가 정확히 말해줄 수 있다면 얼마나 좋을까요? 살면서 딱 한 번, 개가 사람의 말을 할 수 있게 돕는 초능력을 갖게 된다면, 저를 좋아한다거나 행복하다는 말을 듣기 위해 쓸 것 같진 않습니다. 태수가 크게 아파 위급한 상황일 때 어느 부위가 어떻게 아픈지 정확히 들을 수 있게, 그 순간을 위해 아껴둘 것 같아요.

코끼리 혼내 주기

???

갑자기 왜 그래?
후다닥

아항!
저 빌딩 앞에 있는 코끼리 석상이 무서운 모양이구나?

저거 진짜 동물 아닌데~
ㅋㅋㅋ

그러고 보니
너 어렸을 때도 비슷한 일이 있었지

누나가 작업할 게 있어서 커다란 해치 모형이 집에 왔을 때
진짜 크네.

진짜 동물인 줄 알았는지,
무섭고 놀라서 토하고 그랬잖아.
아이고 큰일났네
꾸엑

결국 엄마가 해치를 혼내주니까 괜찮아졌지.
우리 강아지 놀라게 하고!
이 녀석!
찰싹
맴매! 맴매!

그래…!

태수야!
누나가 코끼리 혼내줄게!!
???

이놈의 코끼리를 확 그냥!!

…사람들 없을 때
다시 오자.
누나가 코끼리를
혼내는 이유를
남들은 모르거든…….

오래전 일입니다. 아주 큰 '해치' 모형을 집에 들인 적이 있었죠. 그 모형에 그림을 그리는 일을 맡아 집에 들인 것인데, 그날 밤 태수는 거실 곳곳에 토를 해댔습니다. 생전 처음 보는 커다란 동물 모형에 스트레스를 받은 것입니다. 작업실이 따로 있지 않던 때라 해치를 다른 곳으로 치울 수도 없었고, 그대로 두자니 태수가 해치를 무서워하고, 무척 난감한 상황이었죠.

그러나 상황은 의외로 쉽게(?) 해결되었습니다. 당시 함께 살던 저희 어머니가, 태수가 보는 앞에서 해치를 찰싹찰싹 때려 주신 것입니다. 이렇게 해치를 꾸짖으시면서요.

"요 나쁜 놈! 요 나쁜 놈이 우리 태수를 놀라게 했어! 에이, 때찌! 때찌! 엄마가 혼내 줘야겠다!"

그 광경을 제 팔에 안겨 빤히 보고 있던 태수는, 그날 이후로 다시는 해치를 무서워하지 않았습니다. 만화에 등장한 코끼리 모형도 그런 이유로 제가 날을 잡아 크게 혼내 주려고 했는데, 사람들이 지나다니는 길목에 있어서 결국 한 번도 혼내지 못한 채 다른 동네로 이사 오고 말았답니다.

어떤 고민이든 물어보세요!

태수는 도사님 #7

개님, 저쪽에 경치가 아주 좋은 숲길이 있는데
어째서 이 볼품없는 길로 가고자 하십니까?

경치가 좋은 게 무슨 상관이더냐.
나는 이 길로 가는 게 좋으니까 가는 것이야.

태풍이 오고 있어

오후부터 태풍이 지나간다니까 그전에 얼른 나갔다 오자
실외 배변 고집견

으아
휘잉
휘잉
이미 바람이 어마어마하구나

안녕
으악
내 모자!!

위험해!
우당탕
우리 아무래도 서둘러야겠는데

으악
쿠당
난리났다!

태수야
후두둑
제발
위험해!!

드디어…
끄응

이쪽으로는
안 간다고??
이제 집에
가야지!!

이 난리를 보고도
위험한 걸
모르다니!!!
너무
하네

!

그저 웃지요.

'링링'이라는 큰 태풍이 왔을 때였습니다. 아직 서울을 관통하지도 않았고 다 가오는 중이라는데도 바람의 위력이 대단했죠. 뉴스에서는 계속 기상 특보를 내보내고 있었고요. 태풍이 더 가까워지기 전에 잽싸게 밖에 나가 배변을 하고 와야 하는 상황이었습니다.

밖으로 나가니 과연 벌써 화분들이 쓰러져 있고, 현수막이 떨어져 있고, 스티로폼 박스며 비닐봉지 등이 정신없이 날아다니고 있었습니다. 마냥 걷다간 어떤 위험한 것이 날아들지 모르는 상황이었죠.

그러나 재빨리, 그리고 무사히 다녀와야 한다는 저의 조급한 마음과 달리, 태수는 여유만만하기 짝이 없었습니다. 평소와 다를 것 없이 다른 개들이 영역 표시하고 간 자리의 냄새를 맡고, 수풀 사이로 얼굴을 넣고 킁킁거리는 데 여념 없었죠. 이제 그만 가자고 산책줄을 잡아당기면 '어허, 왜 그리 조급하게 서두르는가?'라는 표정으로 저를 바라보았습니다. 눈앞에서 온갖 것이 날아다니는 그 난리를 보고도 어떻게 그렇게 태연자약한지! 그날의 산책은 무척 힘들었답니다.

그 와중에 저쪽에 보이는, 역시 개를 데리고 나온 사람과 눈이 마주쳤는데, 둘 다 무슨 상황인 줄 안다는 듯이 쓴웃음을 주고받은 것이죠. 실외 배변을 고집하는 개와 함께 사는 이들의 숙명입니다.

안 오면 섭섭해

척

뭐든 바닥에 깔려 있으면
그 위에 척 앉는 게 웃기단 말야.
어머니

심지어 내가 신문을 보고 있어도

꼭 신문 위에 앉아서 방해한단 말이지.
이 녀석!
너 때문에 신문을 못 봐!
척

뭐든 자기 방석인 줄 알아.
ㅋㅋㅋㅋㅋㅋ
얼마나 웃긴지

착

...

하암
팔랑

어슬렁

척
아무리
방해해도

이 녀석 또
나 신문 보는 거
방해한다!!
안 오면
섭섭합니다.

태수는 바닥에 뭔가 깔려 있으면 거기에 앉는 것을 좋아합니다. 그것이 방석이나 이불이 아니어도 괜찮습니다. 하다못해 걸레라도 깔려 있으면 맨바닥보다는 걸레 위에 앉는 것을 좋아하죠. 거기에 가족이 자기 말고 다른 것에 관심 보이는 것을 썩 좋아하지 않는 이유까지 더해, 방바닥에 앉아 신문이라도 보고 있으면 걸어와서 신문 위에 척 앉아 버립니다. 신문 말고 자기를 보라는 것이죠. 엎드려서 책을 보고 있어도 마찬가지입니다. 책 위에 배를 깔고 덥석 앉아 버리죠.

저희 어머니가 신문을 보고 있을 때도, 종종 태수가 다가와 그 위에 앉곤 했습니다. 그럴 때면 어머니는 "저리 가! 엄마 신문도 못 보게 하고!"라며 태수를 내쫓으셨지만, 이 글을 보는 분들은 그 목소리에 애정이 듬뿍 담겨 있다는 걸 짐작할 수 있을 것입니다. 그리고 때로는 태수가 먼저 훼방을 놓지 않으면 어쩐지 섭섭하고 아쉬워지는 것이죠. 개의 마음만큼이나 인간의 마음도 알 수 없습니다.

목소리만 아는 사이

개의 이름이 '아가'라는 것과
웡!
아가야 그만 짖어
웡 웡!
아가!

장난꾸러기라는 것 정도만 알고
아가 또 이랬어
이게 뭐야!!

서로 본 적도 없고
...
??

목소리만 아는 사이지만
오늘은 왜 안 짖지??

희한하게도 정이 들어요.
삐비빅
삑-
장난감 생겼구나?

실제로는 한 번도 보지 못하고, 짖는 소리만 들을 수 있던 개가 있었습니다. 그 집 마당에서 노는 모양이었죠. 사람들이 지나갈 땐 아무 소리도 내지 않고 조용히 있지만, 개가 지나가면 아무리 조용히 지나가도 용케 알아채고 왕왕 짖는 개였습니다. 저와 태수가 그 집 앞을 지나칠 때도 마찬가지였죠.

담장 너머로는 그 집 아주머니의 목소리도 종종 들렸습니다. 개의 이름을 부르며 어서 오라고 하기도 하고, 무언가를 주셨는지 잘 먹는다고 칭찬하기도 하고, 가끔은 개가 무슨 사고라도 쳤는지 "이게 다 뭐야!" 하며 꾸짖기도 하셨죠.

자주 지나치던 집이어서인지, 한 번도 보지 못한 개인데도 제법 정이 들더라고요. 들려오는 소리를 들으며 지금 무슨 상황인지 상상도 해보게 되었고요. 어느 날은 소리가 나는 새 장난감을 얻었는지 태수가 지나가는데도 눈치채지 못하고 '삑삑! 삑삑!' 소리를 내며 열심히 장난감을 물고 있었답니다. 굉장히 신이 난 것 같았습니다. 저도 덩달아 장난감 생긴 것을 축하해 주고 싶더라고요. 안타깝게도 시끄럽다는 항의라도 있었는지 다음 날부터는 더 이상 장난감 소리가 나지 않았지만요.

그러던 어느 날 저는 그 개를 드디어 볼 수 있었는데요. 딱 봐도 아주 장난기 넘치는 녀석이었습니다. 그 후로 그 집 앞을 지날 때면, 그 개가 짖는 소리가 더 반갑게 느껴졌습니다.

할아버지야?

괜찮아
줄 잡고 계시니까
슬금 슬금

강아지 몇 살이에요?
열두 살이요

열두 살이래!
너보다 나이가 많아~

할아버지라서 점잖았구나?
할아버지?

그럼, 할아버지지.
이제 가자

우리 강아지
누나한테는 아직 어린이인데
할아버지 소리도 듣네?

우리도 이제 가자
할아버지!
??

꾸벅
할아버지 안녕히 가세요!!
???
배꼽인사도 받네.

태수와 함께 다니면 동네 꼬마들이 종종 아는 체를 합니다. 우르르 몰려와 태수를 에워싸고 각자 궁금한 것을 동시에 묻기 시작하죠.

"이름이 뭐예요?"
"여자예요, 남자예요?"
"만져도 돼요?"
"몇 살이에요?"
"얘는 왜 $%%&#@(알아들을 수 없음) 해요?"

그럴 때 태수의 나이를 말하면, 대체로 "히익!" 하고 놀랍니다. 좀 전까지 까불거리던 꼬마들도 움찔해서 기세가 약해지죠. 그리곤 자기들끼리 "나보다 많아.", "언니보다도 많아." 하면서 갑자기 공손한 태도를 취합니다. 그리고 가끔은 급 존댓말로 "할아버지 안녕히 가세요." 하며 배꼽 인사를 하는 꼬마들도 만나게 되는 것이죠.

가자! 명랑하게!

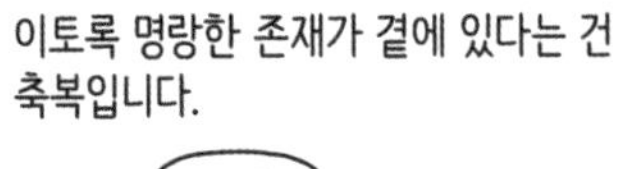

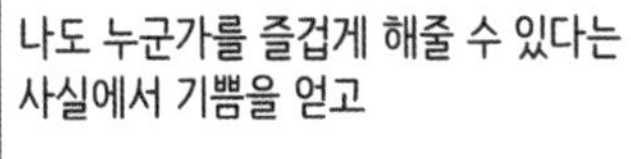

이 작은 친구가

끝까지 명랑할 수 있도록

기운 내야겠다는 생각을 하게 되거든요.

그래서 오늘도 다짐합니다.

가자!!
명랑하게!!

태수는 대체로 점잖고 조용한 편이지만, 그것과 별개로 기본 성품은 명랑한 개입니다. 특히 저에 비하면 아주 명랑한 편이죠. 제가 울적해 하고 있을 때도 명랑한 표정으로 달려와 놀자고 조르는 모습을 보면 "야, 넌 걱정 없이 살아서 좋겠다."란 말이 절로 나옵니다. 그리고 저는 그런 모습을 보는 것을 매우 좋아합니다. 태수의 명랑함이 유지될 수 있도록, 최대한 많은 순간 명랑하게 살 수 있도록 해 주고 싶습니다.

언젠가 '사람들은 왜 반려동물을 키울까요?'라는 질문을 받고 한참 생각한 적이 있습니다. 아마도 반려동물에게 정서적인 위안을 받을 수 있다는 점을 꼽는 사람들이 많을 것입니다. 그것이 사실이고요. 그런데 가만 보면, 사람들은 다른 존재를 위해 애쓰는 것을 좋아하는 것 같기도 합니다. 더 맛있는 것을 먹이고, 더 편한 잠자리를 제공하고, 더 즐겁게 놀 수 있도록 기꺼이 애쓰는 것이죠. 물고기들을 위해 수조를 꾸미고, 햄스터를 위해 케이지에 여러 은신처를 만들어 주는 사람들도 그런 마음 아닐까요? 자신이 돌보는 존재가 기뻐하는 모습에서 자신도 기쁨을 느끼는 것일 테죠. 우리는 아마 다들 비슷한 마음일 것입니다.

닮았네

우리
복동이가
딱 요렇게
생겼었는데.

정말
닮았구나.

아프지 마!!
오래 살아!!

잘 가!
잘 키워!
네!

...

힐끔

언젠가 동네 공원을 산책하고 있는데 저 멀리서 할머니 한 분이 "복동아!" 하고 크게 외치셨습니다. 다른 누군가를 부르는가보다 싶어 그냥 지나치려 했는데, 할머니는 계속 이쪽을 보며 "복동아!" 외치셨고, 주위를 둘러보니 이편엔 태수와 저만 있었습니다.

'아아, 복동이라는 다른 개랑 태수를 착각하셨나 보구나.'

복동이가 아니라고 말씀드리려 하고 있는데 할머니가 다가오며 말씀하셨습니다.

"우리 복동이랑 똑 닮았다! 하하하하."

할머니가 예전에 키우시던 개와 태수가 닮아서 이름을 불러 보신 거였습니다. 할머니는 태수를 보며 "복동이도 이렇게 생겼다.", "복동이도 이렇게 걸었다.", "우리 복동이도 이런 개였다."하며 한참 얘기하다가 "잘 키워!"라고 인사하며 가셨습니다.

할머니가 어떤 마음으로 키우던 개의 이름을 불러 보셨을지 너무나 잘 알 것 같아 마음이 짠했습니다. 먼 훗날 언젠가, 저도 길에서 태수와 꼭 닮은 개를 보았을 때 "태수야!"라고 불러 보고 싶을 것만 같았기 때문입니다. 아직 다가오지 않은 가상의 미래인데도 어쩐지 그런 생각을 하면 눈물이 납니다.

그랬으면 좋겠다

아가
왔어?

아가,
이리 와!
나 보고
가라!

아구구
예뻐라
예쁘다
아가야

내가 개를
참 좋아한다
근데 지금은
기를 형편이
안 돼
가지고

개 혼자 집에 두면
외로울 거고
쓰담
쓰담
나중에라도 꼭
기르고 싶은데

그런 날이
올까
모르겠다

태수를 예뻐해서
아가! 어디 가냐?

마주칠 때마다 좋아하시던 아주머니가
아가!
너 이거 먹을래?

어느 날부터 보이지 않으세요.

이제 폐지 줍는 일은 안 하시나 보다.

그럼
이제 개를 키우고 계실까?

그랬으면 좋겠다

그치?

동네에서 폐지 수레를 끌고 다니던 할머니가 계셨습니다. 태수를 참 예뻐하셨죠. 저희가 지나가면 꼭 불러 세워 태수에게 인사를 하셨답니다. 언젠가는 "여기서 잠깐만 기다려라." 하시곤 집에 들러 개 간식을 가지고 오셨습니다. 어디선가 얻은 간식인데 태수를 만나면 주려고 챙겨 놓으셨다고요.

"내가 개를 얼마나 좋아하는지 모른다. 너무 키우고 싶은데, 지금은 형편이 안 된다. 이만한 개 기르려면 돈은 얼마나 드나? 많이 들지? 아프면 병원도 가야 하는데 그것도 비싸지? 개 길러 보는 게 소원이다……."

저는 할머니에게 차마 "그냥 한 마리 기르세요."라는 말을 하지 못했습니다. 할머니의 말씀처럼 키우던 개가 아프기라도 하면 어떻게 될까요? 동물병원비는 할머니가 감당하시기에 비싸고, 그냥 아프게 두기엔 할머니의 마음이 너무 아플 것을 알기에 쉽게 말할 수 없던 것입니다. 그래서 형편이 어려운 이들이 반려동물을 기를 때, 그 동물의 의료를 지원해 주는 제도가 있다면 어떨까 생각하기도 했습니다. 아직은 사람의 의료 지원조차 완전하지 않으니, 동물 의료 지원이라는 건 너무 먼 이야기일 수도 있겠습니다. 그러나 이 작은 동물 하나가 한 가정에 얼마나 큰 위안을 가져다주는지 알고, 저 역시 어려운 시기를 버티는 동안 큰 힘을 얻은 바 있어서요. 누구나 그 위안을, 한 생명을 돌보는 기쁨을 누릴 수 있으면 좋겠다고 생각해 보게 되는 것입니다.

알고는 있을까?

쨍

땡볕이네.

길바닥이 뜨거운지
어디 만져보자.

여름이 아니라 뜨겁진 않구나.
출동!!

바닥 조명을 설치했구나.

너는 눈부시겠다

내가
조명 쪽으로 걷자.

식구들에게
춥겠네.

예쁨 받고 있다는 걸
펄럭

알려나 모르겠어요.

가끔 태수를 보면서 '요놈, 식구들이 자기를 얼마나 좋아하는지 알고는 있을까?'란 생각을 하곤 합니다. 여름날 산책할 때 아스팔트가 뜨겁지는 않은지 일일이 만져 보고, 눈이 부실세라 강렬한 길바닥 조명을 피해 다니고, 왠지 추운 듯 웅크리고 누워 있으면 담요를 덮어 주고 있다는 것을 태수도 알고 있을까요? 사람의 호의를 일일이 파악하고 그때마다 좋아하는 것 같지는 않지만, 적어도 자기가 사랑받고 있다는 사실은 어렴풋이 아는 것 같긴 합니다. 그러니 기죽지 않고 이것저것 요구하기도 하는 거겠죠.

가끔은 자기 마음대로 해 주지 않는다고 서운한 기색이 역력한 태수를 보면서 '내 마음도 모르고 진짜!'라는 생각이 들 때도 있습니다. 최근에 저는 허리를 삐끗했는데, 똑바로 서서 걷기 힘든 지경이었습니다. 그렇다고 대소변을 안 뉠 수는 없어서 통증을 참으며 구부정한 자세로 태수를 데리고 밖에 다녀왔죠. 긴 산책을 할 수 없어서 평소보다 짧은 동선을 밟고 돌아오자 무척 못마땅해하더군요. 제 딴에는 최선을 다한 거라고 설명하고 싶지만 그럴 방법이 없습니다.

그러나 할 수 없죠. 누가 개를 기르라고 강요한 것도 아니고, 알아달라고 하는 일도 아니니까요. 그래도 가끔은 어디 말할 곳이 없어서 혼자 "아이고, 내 팔자야!" 하고 투덜거리고 있습니다.

어떤 고민이든 물어보세요!

태수는 도사님 #8

개님, 꽃이 아름답습니다. 보러 나오길 잘했지요?
살아가는 데엔 아름다운 것을 감상하는 시간도 필요한 것 같습니다.
지금 당장 도움이 되는 실용적인 행위는 아니지만,
이러한 행위 자체가 제 생각엔 바로……

꽃이 아름다운데 왜 꽃이 아니라
네가 잘난 척을 하는 것이더냐.
불편한 건 딱 질색이니 어서 나를 내려놓아라.

최면인가

놀자는 신호
으르르
...

으르르
누나가 좀 속상한 일이 있어서
지금은 놀 기분이 아닌데.

으르르르르
이따가 놀자, 응?

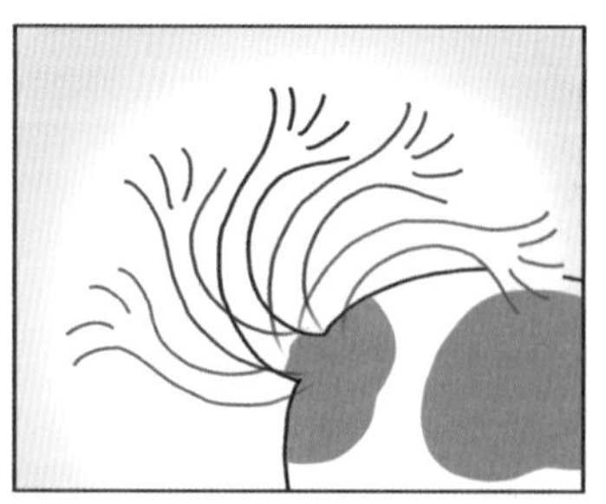

으르르르
으르르르

왕!!
...

...
휙
헥헥
헥헥

헥헥
헥헥

'사람의 마음을 움직이는 10가지' 순위표가 있다면, 거기에 '힘차게 흔들리는 개의 꼬리'라는 항목은 반드시 있을 것 같습니다. 반짝이는 동그란 눈이 세트로 묶여 있다면 단연 상위권일 것이고요. 꼬리를 흔들며 무언가 요청하는 개를 외면하기란 쉽지 않은 일입니다. 마치 최면에 걸린 듯 개가 시키는 대로 척척 움직이게 되죠. 그 밖에도 다음과 같은 것들을 꼽을 수 있겠습니다.

- 특정 단어(간식, 산책 등)가 들릴 때마다 쫑긋 서는 귀
- 조그맣지만 자기 딴에는 두툼한 앞발
- 냄새를 맡을 때마다 움찔거리는 촉촉한 코
- 보드라운 솜털로 덮인 분홍색 배
- 발꼬락에서 풍기는 구수한 냄새
- 간식을 받아먹을 때마다 나오는 작은 혓바닥
- 뭔가를 요구하며 낑얼거리는 소리
- 안으면 느껴지는 온기
- 개, 그 자체

난처한 말 걸기

산책을 나가면

태수에게 직접 말을 거는 분들을 종종 만나요.
반가워~
넌 이름이 뭐니?

대답은 제가 합니다.
태수요~
그렇구나~
빙글
빙글

이런 일이야 너무나 익숙하지만
요 놈아!
걸어야지!
발이 아파서요~

때로는 의외의 상황에 처합니다.

멍!
멍멍!

곤란하다…
같이 '멍멍' 하고 짖을 수도 없고…

멍멍멍!
후다닥

몇 번이고 난처한 상황이 계속되었는데
멍!

알고 보니
야옹
??

동물과 소통하고 싶어하는 아저씨였어요.
야옹~
야옹~

태수와 산책하면서 마주치는 이들 중 저에게 직접 말을 거는 사람은 많지 않습니다. 대부분 태수에게 직접 건네죠.

"귀엽구나."
"몇 살이니?"
"산책 나왔구나?"
"넌 여자니 남자니?"
"어디 사니?"
"살이 많이 쪘구나. 밥 많이 먹는구나?"

그런 말들에 태수가 직접 대답을 할 순 없기에, 제가 태수를 대신해 대답하곤 합니다. 상대방이 반말로 말한다고 저까지 반말로 대답할 순 없기에 존댓말로 "네에.", "감사합니다.", "나이가 많아요."라는 식으로 대답을 하죠. 그러면 상대방이 다시 "그랬구나. 나오니까 좋아?" 하는 식으로 반말로 질문하고, 제가 다시 존댓말로 대답하고, 상대방은 대답하는 저는 절대로 보지 않고 태수만 보면서 말하는 약간 괴상한 대화가 이루어지곤 합니다. 이런 식의 대화에는 아주 익숙합니다.

그러나 태수만 보면 "멍! 멍!" 하고 짖는 아저씨를 만났을 땐 어떻게 대처해야 하는지 알 수 없어서, 결국 그 아저씨가 멀리 보이면 일부러 길을 돌아가기까지 하게 되었습니다. 영 괴상한 사람이라고 생각했는데, 나중에 보니 어느 집 창문턱에 앉아 있는 고양이에게도 "야옹, 야옹" 하고 계속 말을 걸고 계시더라고요.

'동물에겐 그 동물의 언어로 말을 걸어야 한다고 생각하는 분인가 보군…….'

마침내 그분의 뜻을 이해했지만, 그 후로도 저는 그 아저씨를 보면 길을 돌아갔습니다.

고구마 먹을 때

호~
호~

잠 깼어?
척

엄마 고구마 태수가 다 먹네!

호~
호~

고구마 먹을 때마다 태수 생각 나겠네.

고구마는 입이 짧은 태수가 좋아하는 몇 안 되는 간식 중 하나입니다. 그래서 고구마를 찌면 식구들은 제일 먼저 태수가 먹을 고구마부터 꺼내 놓습니다. 껍질을 까서 행여나 뜨거울까 봐 호호 불어 고구마를 내밀면 태수는 척척 받아먹죠. 저희 어머니는 태수에게 고구마 주는 것을 좋아하셨는데, "내가 먹을 걸 태수가 다 빼앗아 먹네!"라는 말과 달리 무척 즐거워하셨습니다.

이 만화를 그린 시점은 제가 곧 태수를 데리고 가족이 있는 집을 나와 따로 살기로 결정했을 때였습니다. 그래서 어머니가 태수에게 고구마를 주면서 "앞으로 고구마 먹을 때마다 태수 생각나겠네." 하신 것이죠.

물론 고구마를 먹을 때만 태수가 떠오르진 않으실 것입니다. 태수는 동그란 뻥튀기 과자를 좋아하는데, 며칠 전에도 어머니가 전화하셔서 뻥튀기는 다 떨어지지 않았냐고 물어보시더라고요. 길을 가다 뻥튀기 파는 트럭을 보고 태수 생각이 나셨다고 하네요.

어떤 사람들은 많은 것들을 보며 함께 살던 개를 떠올릴 것입니다. '저건 우리 개가 좋아하던 것이네.', '저건 우리 개가 질색하던 것이네.', '저긴 우리 개가 진짜, 진짜로 좋아하던 장소네.'하며 수시로 회상하겠죠. 저도 비슷한 경험을 해본 적이 있습니다. 사랑하던 사람과 헤어지고 그런 적이 있던 것 같아요. 사랑은 그 대상이 사람이었든 개였든 비슷한 것을 남기는 것 같습니다.

누나는 다 알지

태수야!
누나 왔다~!

자고 있었구나?
졸린 눈
뻗친 털
눌린 털

누나는 알 수 있지~
??

어슬렁

물 마시고 왔구나?
축축한 턱

누나는 알 수 있지~
??

?

아그작

개집에 숨겨둔
간식
먹는구나?

누나는 알 수 있지~
???

누나 오기 전에
너 밥 많이
먹은거
왕!! (=간식)
누나가
다 알아.

다 아는
방법이
있다고~
???

저희 집 식탁 위에는 메모장이 하나 있었습니다. 식구들이 서로 알아야 할 공지 사항 같은 것을 적어 두는 메모장이었는데, 대부분이 태수와 관련된 것이었죠. 주로 다음과 같은 내용이었습니다.

– 개 저녁 안 먹었음
– 개 낮에 똥 누고 밥도 잘 먹었음
– 개 밥 많이 먹어서 오늘은 더 안 먹어도 됨
– 개 저녁에 산책은 했는데 똥을 안 눠서 다시 나가야 함

말하자면 공동 육아를 위한 알림장인 셈이었죠.

제가 평소보다 오래 집을 비우고 귀가하면, 미안한 마음에 평소보다 너그러워진다는 사실을 아는 것일까요? 그런 날이면 태수는 더 많은 간식을 달라고 요구하곤 했습니다. 그러나 식탁 위 메모장에 '개 저녁 많이 먹어서 더 먹으면 안 됨.'이라고 적혀 있는 이상 어림없는 일이죠.

"너 밥 많이 먹었다며! 누나는 다 알아!"

도대체 어떻게 알고 있다는 건지, 태수는 알 길이 없습니다.

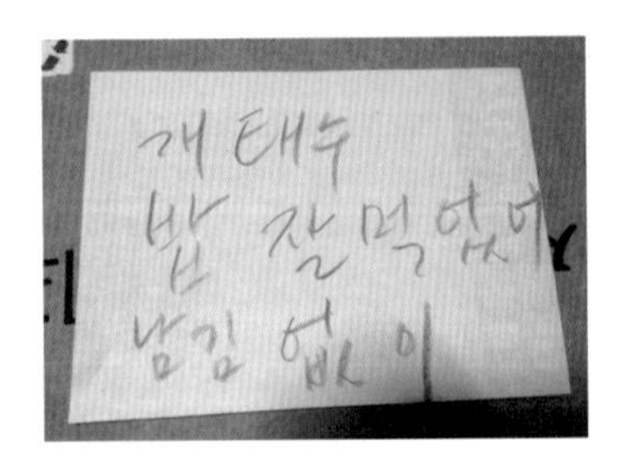

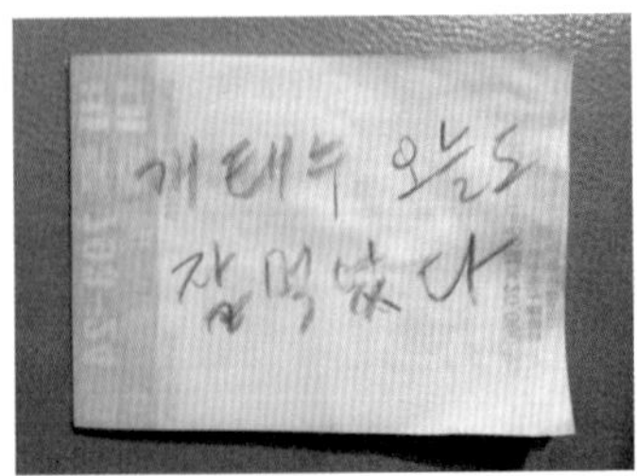

이유는 모르겠지만

ㄹㄹㄹ…

킁킁

이유는 모르겠지만
태수
방귀?
잘했어

저는 방귀만 뀌어도 칭찬받아요.

으쓱

태수도 종종 방귀를 뀝니다. 사람보다 훨씬 작은 체구이니 방귀의 양도 적을 것 같지만, 그 작은 몸에서 어떻게 그렇게 강렬한 냄새가 나올 수 있는지 의문일 정도로 가끔은 상상 이상의 냄새를 풍긴답니다. 그럴 때면 "으악! 개태수 방귀 뀌었어!" 하고 호들갑을 떨기도 하지만, 결국은 "잘했어!"라고 마무리합니다. "잘했어! 개로 태어나서 이 정도 방귀는 뀌어야지!" 하는 식으로 말도 안 되는 칭찬을 하다 보면 제가 지금 뭘 하고 있는 건가 싶을 때도 있긴 합니다.

그러나 방귀뿐만이 아니죠. 태수는 뭘 해도 칭찬 받습니다. 똥을 눠도 많이 잘 눴다고 칭찬받고, 오줌을 눠도 시원하게 잘 눴다고 칭찬받고, 물을 마셔도 잘 마셨다고 칭찬받고, 잠을 자도 참 잘 잔다고 칭찬받습니다. 사실 태수는 아무것도 하지 않고 가만있기만 해도 "잘했어! 건강히 살아 있으니까 잘했다!" 하고 칭찬 받고 있습니다.

잘됐어!

태수!
얼마 전에 마주친
개 기억나?

우리를 보고 관심을 갖는 듯하다가

슬금슬금 도망갔지.

집을 나온 지 오래되어 보였지?

그 친구가 보호소에 들어갔더라고……
공고중
[개] 믹스견
그래서
걱정했는데

지금 보니까 입양되었다고 나오네.
입양
[개] 믹스견
잘됐지?

요 앞 골목에 있던 새끼 고양이 알지?
그 애도
어느 날부터
안 보여서
걱정했는데

어느 집에서 잘 살고 있대.
저희 집에
있어요!
엄청
개구쟁이예요

잘됐지?
다들
잘됐어!

예쁨도 받고
투정도 부릴
가족이
생긴 거야.

잘됐어.
진짜 잘됐어.

어느 날부터 동네를 혼자 돌아다니는 개가 보였습니다. 네댓 살은 되어 보이는 발바리였죠. 아주 가끔 혼자 산책하고 오라며 개를 풀어놓는 집이 있기에 혹시 그 녀석도 그런 개인가 했습니다. 그러나 털 상태를 보아하니 관리를 받은 지 오래된 듯했습니다. 다른 개를 보면 관심을 보이며 슬금슬금 다가오다가도, 사람이 다가가면 재빨리 도망가고요. 곳곳에 놓인 길고양이 사료를 먹는 모습도 관찰할 수 있었습니다.

얼마 후에 유기 동물 입양(&실종 동물 찾기)앱인 '포인핸드'를 보다가 그 개를 발견했습니다. 누군가 구청에 신고해서 보호소에 들어간 모양이었죠. 공고 기한이 지날 때까지 주인이 찾아가거나 입양되지 않으면 안락사가 시행

될 텐데, 예쁘지도 어리지도 않은 개를 누가 쉽게 입양하려 할까 걱정이 되더군요.

그런데 정말 다행히, 나중에 다시 들어가 확인한 그 개의 공고문엔 '입양'이란 안내문이 붙어 있었습니다. 안도의 한숨이 나온 한편, '예쁘지도 어리지도 않은 개를 누가 쉽게 입양하려 할까' 걱정했던 저의 속물스러움이 부끄럽기도 했습니다. 그 개의 훌륭함을 알아본 어떤 분이 있었기에, 지금 그 개는 한 가족의 어엿한 일원이 되어 잘 살고 있을 것입니다. 정말, 다행입니다.

도전! 골든벨!

도전! 골든벨
와아~
와
정답은…
<노견 일기> 입니다!
노견 일기

골든벨을 울렸습니다!
와~
와~
대단해~

만약에 이런 문제들이 나온다면
나도 많이 맞출 수 있을 텐데

문제) 이것은 세상에서 가장 즐거운 존재입니다.

정답입니다!
와~
산책 나온 개!

문제) 이것은 세상에서 가장 강력한
집중력을 발휘하는 존재입니다.
슥슥

네~
정답입니다
와~
개껌 씹는 개!
무아지경

문제) 이것은 세상에서 가장~
의기양양한 존재입니다.
!

정답입니다!
와~
가족 옆에 있는 개

어때?
그럴 듯하지?

골든벨 마지막
문제입니다!
와~
와~

문제) 이것은 세상에서 가장 훌륭한
존재입니다.

정답입니다!
개
와
와
와

〈도전! 골든벨〉이란 프로그램을 보면서 '개에게도 퀴즈를 낸다면 어떤 답이 나올까?' 상상한 적이 있습니다. 개를 포함한 가족 구성원 모두를 앉혀 놓고 가족에 대한 퀴즈를 내는 것이죠. 그런다면 아마도 개가 가장 많은 문제를 맞힐 것 같습니다. 개는 많은 것을 알고 있으니까요. 언제 일어나서 언제 잠드는지, 핸드폰 벨 소리며 알람은 어떤 음악으로 설정해 놓는지, 어떤 음식을 가장 자주 먹는지, 어떤 옷을 즐겨 입고 어떤 신발을 제일 자주 신는지, 화장실엔 얼마나 자주 가고 얼마나 오래 있는지, 하루에 몇 번 씻는지 같은 사항은 기본일 것입니다. 기쁠 때와 슬플 때의 목소리가 각각 어떤지, 어떤 표정을 지을 때 기분이 제일 좋은 것인지, 자고 일어났을 때 어떤 냄새가 나는지, 개는 그 모든 것을 알고 있을 것입니다.

심지어 개는 사람들의 속사정도 제법 많이 알고 있죠. 우리는 자주 개를 붙들고 이러쿵저러쿵 하소연하니까요. 비열하거나 치사해서 남에겐 차마 하지 못한 말도 개에게는 털어놓을 수 있습니다. 이렇게 속속들이 알면서도 좋아할 수 있다니, 어쩌면 이것은 굉장한 사건입니다.

어떤 고민이든 물어보세요!

태수는 도사님 #9

개님. 이번 주말도 다 지나갔습니다.
해야 할 일이 많지만 일단은 푹 쉬었는데 괜찮겠지요?
쉬는 시간이 있어야 다음 일도 할 수 있는 것이겠지요?

……그게 무슨 소리인가.
맨날 쉬면서???

다시 살 수 있다면

과거로 돌아가서 다시 살아볼 수 있다면 어떨까?

지금까지 기억은 그대로 가져가는 거야?
그렇다고 치자.

그럼 난 일단 전공을 바꿀래!
잘할 수 있는 걸로!
으… 나도.

×××는 절대로 안 만날 거야!
옳으신 말씀!!

로또 번호 가져가기 콜??
당연하지

완전히 다르게 살 수 있을 텐데
그러게

...
...

그래도 우리 개는 꼭 또 데려올 거야!!

...라고 말하고 왔지.

한 번 더 살아볼 수 있는 상상이라니 허황되지만

만에 하나 그런 일이 일어나도
반드시 너를 데리러 갈게!!

가끔 '과거로 돌아가 다시 살아볼 수 있다면 어떨까?'란 상상을 합니다. 한 번 더 살아볼 수 있다면 그땐 제대로 살 수 있을 것 같으니까요. 지금까지 저지른 실수들을 다시는 저지르지 않고, 할까 말까 망설이다가 결국 하지 못해 아쉬운 일도 그때는 해 볼 수 있을 것 같습니다. 하면 좋을 거라 철석같이 믿고 시도했으나 안 하는 편이 나았던 걸로 판명 난 일은 당연히 쳐다보지도 않겠죠. 그런 식으로 부질없지만 흥미진진하긴 해서 멈출 수 없는 상상을 하며 시간을 보내는 것이죠.

그 상상의 끝은 언제나 태수로 끝납니다. 인생의 모든 선택을 다르게 하더라도, 태수를 만난 그날 그 저녁엔 다시 또 이 개를 데리러 가겠다고 생각하는 것입니다. 아마 과거로 돌아갔다는 것을 알게 된 날부터 언제나 그날을 잊지 않기 위해 기억해 두고 기다리게 될 것 같습니다. 그리고는 마침내 그날이 오면 드디어 태수를 만나러 가서, 태수를 한눈에 알아보고, 이렇게 말할 것 같습니다.

"너는 태수야. 나랑 같이 살게 될 태수야."

좋아하는 개 하나

태수야
너 배탈이라
오늘은 간식
금지야.

어쩔 수 없어.
미안~

태수야
일이 급해서
지금은 못 놀아.

아이고
서운해?
미안~

태수야, 누나
나갔다 올게.
혼자 다녀올
거야.

일하러 가는 거라
너는 데리고 못 가.
어쩔 수
없어

조금만
기다리고
있어!
미안~

철컥

...

내가 좋아하는 개 한 마리도

서운하지 않게 할 수 없는 게
인생이더라고요.

그래도 우리가 함께하는 동안

최대한 기쁘게는 해 주고 싶어요.

할 수 있는 만큼은 말입니다.
태수!
이제 같이
나가자!

주로 일 때문에 태수와 많은 시간을 보내지 못할 때, 좋아하는 산책을 짧게 끊고 얼른 집에 들어와야 할 때, 집을 오래 비워야 할 때 드는 생각이 있습니다.

'이 작은 개 한 마리도 서운하지 않게 할 수 없는 게 인생이로군…….'

제가 뭐 대단한 것을 바라는 것도 아니고, 그저 제가 좋아하는 개 한 마리를 되도록 서운하지 않게 해 주는 일이 이렇게 어렵다니요. 매번 미안하고, 매번 속상하고, 매번 아쉬운 일이 생깁니다.

그러나 세상에 마음대로만 되는 일이란 없으니 어쩔 수 없겠죠. 그러니 할 수 있는 선에서 최대한 행복하게 살 수 있도록 해야겠다고 다짐하게 됩니다. 그래서 외출했다가도 걸음을 재촉하고, 한 번 더 함께 밖에 나가고, 장난감을 물고 온 태수를 외면하지 않고 놀아 주려 합니다. 아무리 애를 써도 결국 완벽히 잘해 줄 순 없을 테고 커다란 빈틈이 곳곳에 생기겠지만, 그 정도는 개도 이해하겠죠.

같이 다니자

앗

안녕~
킁킁
킁킁

똑같은 친구네~
반갑지~

얜 앞이
안 보여요
나이들면서
그렇게 됐어요

그래도 계속
같이 밖에
나와요.
나오면
좋대요.

원래도 잘 오던 덴데
여기에 오면
왔다~
갔다~
하면서
냄새도
맡고 그래요.

같이 나와서
기분 좋지?

안녕히
가세요
또 봐요

어르신!
남의 일이 아닌 거
알고는 있어?
너도 착실히
노화하고 있다고.

너 눈 생각하면
누나도 종종
철렁해.

그렇지만
저 친구네처럼
우리도 계속 이렇게
같이 즐겁게 다니자.

꼭, 같이 행복하자!

노견과 산책 나온 사람들을 종종 볼 수 있습니다. 앞을 볼 수 없는 개도 있고, 이제 소리를 듣지 못한다는 개도 있습니다. 잘 걷지 못해 '개모차'를 타고 바람을 쐬러 나온 개도 있고요. 발랄하게 뛰어다니던 어린 시절이 그 개들에게도 있었을 것입니다. 그런 개들을 본 날이면 제 마음도 덜컹 내려앉곤 합니다. 태수도 제법 나이 들었고, 노화는 막을 수 없는 것이며, 노화로 인한 증세는 어느 날 갑자기 닥치기도 한다는 것을 알기 때문입니다. 태수도 언젠가 앞을 보지 못하거나 걷지 못하는 날이 올 수 있을 것입니다. 상상만 해도 마음 아픈 일입니다.

그러나 한편으로, 나이 든 개와 함께 산책 나와 변함없이 이곳저곳을 다니는 사람들을 보면 '우리도 저렇게 해야지'란 생각이 듭니다. 언젠가 만난 시추는 이제 앞이 전혀 보이지 않는다고 했습니다. 그러나 가족과 함께 다니던 산책로에 여전히 함께 나온다고 하더라고요. 앞은 볼 수 없지만 그곳에 내려놓으면 여기저기 걸으며 냄새를 맡고, 그것을 매우 즐거워한다고 했습니다. 노화로 인한 변화는 슬픈 일이지만, 그 상황에 맞는 즐거움을 찾으며 살아가면 되는구나 싶어요. 개도 자신이 늙어 몸이 예전 같지 않다는 것을 알 것입니다. 그러나 괜찮다고 생각할 것입니다. 가족이 변함없이 옆에 있다면요.

어디 갔지?

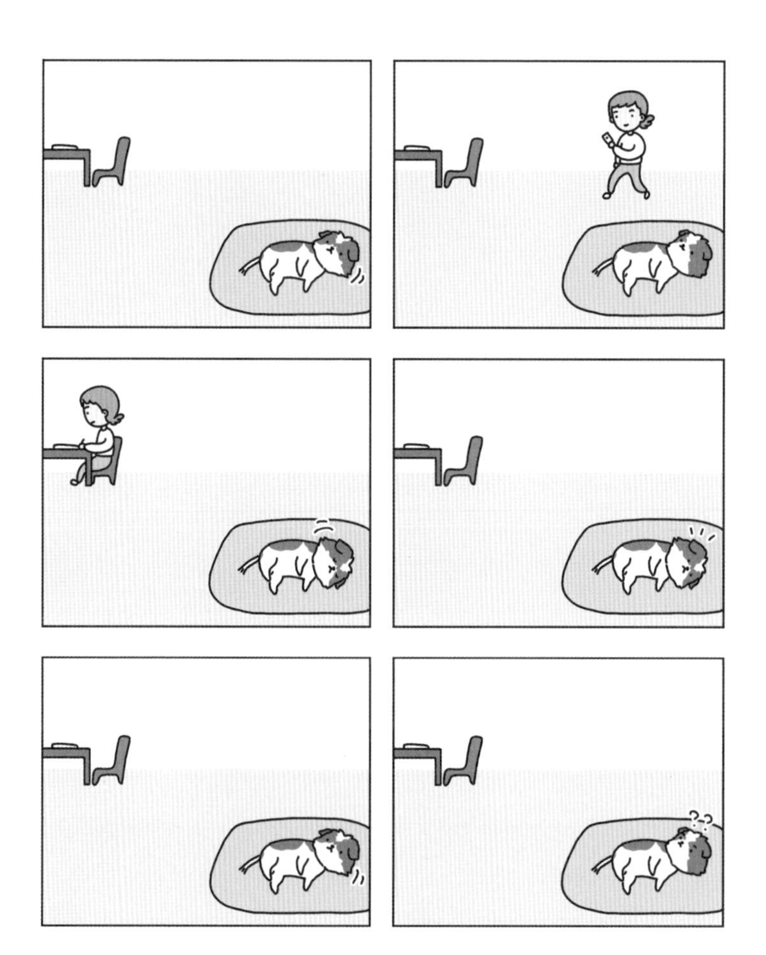

벌
떡

후다닥

후다다닥

누나
화장실이야

집안일을 하다가 태수는 지금 뭐 하고 있나 돌아보면 쿨쿨 자고 있는 때가 늘었습니다. 그러다가도 문득 실눈을 떠서 제가 어디에 있는지 확인하고 다시 잠들곤 합니다. 만약 제가 눈앞에 보이지 않으면 고개를 두리번거리고, 그래도 보이지 않으면 벌떡 일어나 제가 있을 법한 곳을 찾아다닙니다. 제가 어디에 있는지 태수가 찾으러 다니는 것이 재미있어서, 가끔은 일부러 방문 뒤에 숨어 "태수야!" 부르기도 해요. 제 목소리를 들은 태수가 여기저기 다니다가 마침내 저를 발견하면 "어흥!" 하고 뛰어나옵니다. 그러면 태수는 신이 나서 펄쩍펄쩍 뛰고, 저는 저대로 펄쩍펄쩍 뜁니다. 한 집에 살면서 잠깐 못 보다가 다시 만났다고 그렇게나 신이 나다니, 참 대수롭지 않지만 즐거운 일입니다.

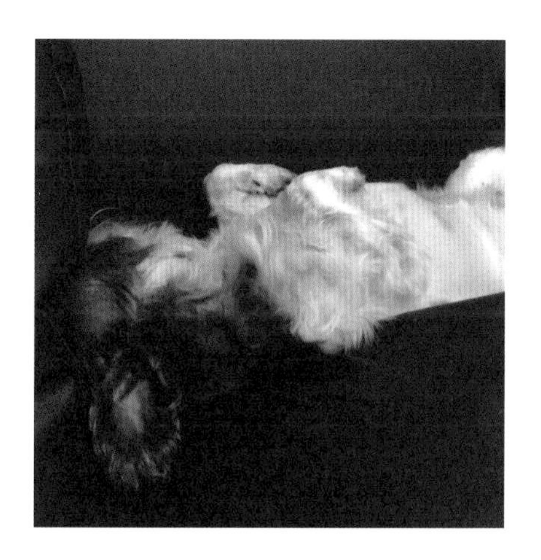

그건 오해야

하루 세 번 곤란한 시간.

개의 주목을 끄는 방법 중 하나는 봉지를 부스럭거리는 것입니다. '부스럭' 소리가 나면 십중팔구 고개를 들고 무엇을 꺼내는지 확인하니까요. 일단은 먹을 수 있는 것인지 아닌지 판별하고, 먹을 수 없는 것이면 그게 장난감처럼 생기지 않은 이상 관심이 빠르게 식습니다. 그러나 먹을 수 있는 것이라면 그때부턴 개와의 신경전이 벌어집니다. 둘이 함께 먹을 수 있는 것이면 나눠주면 되지만, 결코 먹어선 안 되는 것이면 잽싸게 혼자 해치우든지 원망 어린 눈을 외면하며 먹든지 해야 하니까요. 약봉지는 언제나 곤란하게 만드는 아이템입니다. 부스럭 소리를 내며 약봉지를 뜯어 입에 털어 넣고 물을 마셔 삼킨 후에 돌아보면, '뭔지는 모르지만 지금 그걸 혼자 먹은 거 맞지?'라는 표정으로 고개를 쭉 빼고 저를 바라보는 태수가 있습니다.

"이건 약이야! 네가 먹는 게 아니라고!"

항변해 봐야 소용없이 개는 삐쳤습니다. 그러나 잠시 후엔 언제 삐쳤냐는 듯 저를 용서해 줄 것을 알기에 피식 웃게 되는 것이죠. 개는 너그럽습니다.

천국이 있다면

너랑 이렇게 걷고, 뛰어놀고, 쉬고,
쓰다듬고, 서로 바라보고, 장난 치고,
가만히 누워 있다가 졸리면 자고
그럴 것 같아.

태수야!
누나 왔다!

가자!
태수!!

나도 모르는 사이에

천국을 미리 경험하고 있던 것 같아.

고마워, 태수!

이사 오기 전에 살던 동네엔 태수와 제가 함께 좋아한 장소가 있었습니다. 숲이 무성해서 한여름에도 나무 그늘 덕에 시원했죠. 더운 날이면 태수가 먼저 그곳 벤치에 앉아 쉬었다 가자고 했습니다. 차가운 돌 벤치에 앉아서 간간이 불어오는 바람을 시원해하다 보면 한 시간쯤 훌쩍 지나는 건 예사였습니다. 저는 이것저것 생각할 게 많다고 쳐도, 태수는 어떤 생각을 하며 엎드려 있는 건지 알 수 없었죠. 벤치로 끝없이 올라와 태수 쪽으로 향하는 개미들을 쫓으며 앉아 있는 것이 그렇게 좋았습니다.

천국이란 것이 정말 존재한다면, 저는 모두에게 같은 환경이 주어질 거라고는 생각하지 않습니다. 어쩐지 저마다 가장 행복한 환경이 주어질 것 같죠. 누군가는 매일 친구들을 만날 수 있는 왁자지껄한 파티장을 좋아할 것이고, 누군가는 매우 조용한 숲속 별장에서 책만 읽을 수 있는 환경을 좋아할 테니까요.

그런 의미에서, 저는 그 벤치에 앉아 있을 때면 '내가 만약 천국에 간다면 지금 이 풍경을 보고 있겠구나' 생각하곤 했습니다. 적당한 온도, 시원하게 부는 바람, 따뜻한 햇살, 눈이 부시지 않게 해 주는 나무 그늘, 그리고 제 옆에 앉아 있는 개 말입니다. 천국에서도 저는 그렇게 태수와 함께 앉아, 태수에게 다가가는 개미를 쫓으며 한가로이 이런저런 공상을 하며 보낼 것 같습니다. 그리고 그런 상상을 하다 보면 이어서 생각하게 되는 것입니다.

'내가 지금 천국을 미리 경험하고 있는 것이구나. 이 작은 개 한 마리와 함께.'

어떤 고민이든 물어보세요!

태수는 도사님 #10

개님. 사는 게 왜 이렇게 힘든가요? 제가 뭐 대단한 걸 바라는 것도 아니고
그냥 소소한 만족을 느끼며 큰 탈 없이 살면 되거든요. 일을 안 하고 놀고만
싶다는 것도 아니고 일한 만큼은 결과를 얻고 싶은 것이고요. 물론 되도록 안 하면
좋기야 하겠지만 그것까지 바라는 건 너무 염치가 없는 것 같고…….
아무튼 이렇게 늘 죽어라 일하는데 왜 저는 늘 이 모양인 걸까요?
제가 평소에 얼마나 많이 일하는지 개님도 보셨잖아요?
정말 속상합니다. 인생이란 게 꼭 이래야 하나요? 이렇게까진 어렵지 않아도
되는 것 아닐까요? 제가 뭘 단단히 착각하고 있는 건가요???

애야.

네?

자라.

그럼 이만~~